나는 아마추어다

강정주 수필집

[나는 아마추어다]

북인

탄천을 산책하며 떠오른 생각들

코로나19로 온 나라가 힘들 때 매일 탄천공원을 산책했다. 그곳에서 살아가는 나무와 새와 모든 생명 있는 것들은 자연 속에 제 소임을 다하고 있었다. 물감을 흩뿌려놓은 듯 화려한 원색의 꽃과 무성한 초록의 열기 속을 걸으며 자연의 리듬을 배워나갔다. 이번에 나온 책에는 탄천을 산책하며 떠오른 생각을 쓴 것이 많다. 사람을 만나지 못하고 집에 머물며 할 일이라고는 책을 읽고 글을 쓰는 일이었다.

그동안 두 권의 개인 수필집과 한 권의 삼인집을 내었다. 이번에 네 번째 수필집을 낸다. 여러 잡지에 발표해온 것들과 코로나19로 방구석에 틀어박혀 쓴 작품이 많이 있었다. 오랫동안 컴퓨터 폴더 속에 갇혀 끝내지 못했던 글들의 먼지를 털어내며 제 얼굴을 찾아준 것도 많다. 그리고 이미 책으로 묶어냈지만 다시 고치고 구성하고 다듬어낸 것도 있다. 새로 화장을 한다고 해도 본바탕이야 드러나겠지만 다시 거듭난 글을 보니 고맙고 반갑기 그지없다.

모든 예술활동은 아름다움을 찾아가는 과정이다. 아름다움을 향한 나의 갈망은 사랑이었다. 그 사랑은 시도 때도 없이 나를 자극하고 이끌고 그리움으로 다가서게 했다. 어떤 성취보다 과정을 소중히 여기며 한걸음씩 천천히 그 사랑에 다가가기로 했다. 문학을 통해 성장해가고, 즐거움을 누릴 수 있다면 좋겠다.

아직도 평생 연구해온 전공 분야에 몸과 마음을 다하는 남편과 건강한 사회인으로 살아가는 우리 아들딸과 가족에게 사랑을 전한다.

내 글을 꼼꼼히 읽어준 친구 성인순, 책을 만들어준 도서출판 북인에도 고마움을 전하고 싶다.

2021년 7월

강정주

차례

제2장 화살촉

제3장 나는 아마추어다

제4장 나의 글쓰기를 생각한다

제5장 가을, 이 충만한 계절은

제1장

오후 세 시

집은 낡아서 담벼락엔 낙서도 보이고, 문 앞엔 연탄재도 몇 장 쌓여 있어야 한다.
스티로폼 박스에 쓰레기도 버려져 있는 게 자연스럽다.
뿐만 아니라 골목길은 좀 언덕지고 또 조금은 불편해야 한다.
—「오후 세 시」 중에서

■

오후 세 시

도서관에 간다

우리는 비굴해졌다

모든 아름다움은 슬픔에 잇닿아 있다

카잔차키스와 조르바

내 어린 시절의 좁은 문

봄비와 친구와 음악과

꿈속의 여행길

봄날 황혼의 유쾌한 실수

산책로의 네 식구

오후 세 시

그림에 몰두하던 한 시절이 있었다. 그때는 여행을 하거나 거리를 다닐 때도 항상 소재에 대한 생각이 떠나지 않았다. 카메라는 필수품이었다. 오후 세 시. 해가 내 머리 위에서 조금 서쪽으로 향했을 때 사물의 그림자 각도가 옆으로 기울며 명암의 대비와 구도가 아름답게 잡힌다. 사진 찍기 좋은 시간이다.

요즘은 휴대폰 하나만 있으면 즉석에서 사진을 찍어 확인하고, 컴퓨터에 보관했다가 언제든 볼 수 있다. 그러나 내가 사진을 찍으러 다니던 때는 디지털카메라가 없던 시절이었다. 필름은 충분히 찍을 만큼 여러 통 사야 했고, 사진관에서 현상과 인화를 거쳐야만 사진이 잘 나왔나 확인할 수 있었다. 필름 값도, 인화 비용도 만만치 않았기에 한 장 한 장을 신중하게 생각한 후에 찍었다. 그래도 필름 여러 통 중 쓸 만한 사진은 한두 장 건질까 말까 했다.

자연에서 소재를 찾기도 했지만 서민적인 골목집들을 카메라에 담아오는 날은 마음이 뿌듯했다. 서울의 변두리 동네를 찾아다녔다. 일단 새로 지은 집은 페이소스가 없어 작품성이 떨어졌다. 너무 깨끗한 집도 부잣집 담장도 대상에서 제외되었다. 골목이 좀 지저분하고, 집은 낡아서 담벼락엔 낙서도 보이고, 문 앞엔 연탄재도 몇 장 쌓여 있어야 한다. 스티로폼 박스에 쓰레기도 버려져 있는 게 자연스럽다. 뿐만 아니라 골목길은 좀 언덕지고 또 조금은 불편해야 한다. 시멘트를 덧발라놓은 계단도 있고 전봇대도 삐딱하게 서 있는 게 좋다. 곳곳에 가난이 묻어 있고 사람 냄새나는 그런 곳이 내겐 멋진 골목이었다.

골목을 더 실감나게 찍기 위해서는 빛과 그림자의 조화가 절묘하게 어우러지는 오후 두세 시를 기다려야 했다. 공모전이나 전시회에 내기 위해 큰 작품을 많이 그리고 있을 때였다.

왜 하필이면 그런 골목 집에 관심을 두었을까. 물론 그림의 조형미에 대한 관심이 가장 컸을 것이다. 그러나 무의식 속에 내재되어 있던 나만의 공간에 대한 꿈. 그 결핍이 표출된 것은 아닐는지. 청소년 시절엔 내 방을 갖고 싶은 마음이 간절했다. 연탄재가 쌓인 골목의 어느 단칸방이라도 좋았다. 좀 불편하면 어떤가. 허름한 담장 위로 작은 창문 하나 보이는 보잘것없는 방이라도 나만의 것을 갖고 싶다는, 이루어지기 힘든 바람이 있었다. 앉은뱅이책상 위에 화분 하나와 일기장이 놓인 방… 시나브로 사라진 사춘기의 꿈. 그러나 무의식 속에는 끈질기게 남아, 서민들의 이야기가 녹아 있는 골목길 집에서 옛날의 내 꿈을 다시 만날 수 있었던 것은 아니었을까.

무엇을 어떻게 그릴 것인가는 항상 따라다니는 고민이었다. 사람마다 개성이 다르듯 모든 화가들은 같은 대상을 놓고 각자 다르게 그린다. 별의별 기발하고 희한한 착상을 다 한다. 독창성을 찾기 위한 그들의 노력은 눈물겹기까지 하다. 나도 오랫동안 서양화 구상을 하다가 여러 가지 변형을 시도해보았다. 반 추상도 했고 완전 추상도 해보았다. 그러나 자기에게 맞지 않는 옷을 버리게 되듯, 그림도 마찬가지였다. 한 우물을 파되, 결국 그림은 자기가 그리고 싶은 대로, 마음이 가는 대로 그리면 된다는 결론에 이르렀다.

어느 시점에서 한계에 이르렀다는 생각과 함께 한동안 그림을 그리지 않았다. 사랑하는 사람과 결별하듯 붓을 꺾고 돌아보지 않았다. 언젠가 다시 그리리라는 미련에 많이 사두었던 캔버스며 유화물감, 붓과 나이프, 여러 종류의 그림 도구를 벽장에 차곡차곡 쌓아두었다. 그러나 그것마저 이사할 때 가난한 전업화가에게 모두 선물했다.

오랜 시간이 지난 후 글을 쓰던 펜으로 그림을 끄적거리기 시작했다. 그게 작품이 되어 그린다는 것의 재미를 또 다시 느끼기 시작했다. 화가들을 만나며 다시 전시를 하게 되었다. 그러나 차츰 그림에서 색깔도 버리고 붓도 버렸다. 그리고 나의 오랜 부담도 버렸다. 펜 하나만으로 어디서든 그림의 욕구는 충족되었다.

비로소 글과 그림이 서로 소통하고 만날 수 있게 되었다. 이젠 내 글에 그림을 넣기 시작한다. 아직도 오후 세 시는 유효하다. 0.1밀리짜리 검정 펜만으로 하는 작업은 그림자의 대비가 더 선연하기 때문이다.

이젠 물리적 공간에 대한 바람은 없어졌다. 그러나 내 마음 깊은 공간에 아직도 사라지지 않는 꿈. 펜과 스케치북 그리고 읽을 책, 그 배경에 음악만 있으면 족하다. 모든 예술이 하나가 되어 영혼을 고양시켜주기에. 욕심 없이 사는 날까지 한걸음씩이라도 행복한 내 꿈의 공간을 채워갈 수 있다면 좋겠다.

해가 옆으로 기우는 시간이면 사물의 그림자를 살핀다. 그림자 옆에 민들레가 활짝 피어 나를 보고 웃는다. 오후 세 시. 내 인생은 이미 그 시간을 많이 넘겼지만 아직 오후 세 시의 밝은 햇살과 푸르스름한 그림자를 사랑한다.

도서관에 간다

오늘처럼 하루 종일 약속 없는 날이 좋다. 비어 있는 백지에 원하는 하루를 채색할 수 있기 때문이다. 이런 날은 으레 동네 판교도서관으로 간다.

우선 가방을 싼다. 백팩에 내가 읽고 있는 책을 한 권 넣는다. 오늘은 제임스 조이스의 『젊은 예술가의 초상』을 넣었다. 도서관에서 빌린 것이기에 반납일인 내일까지 다 읽을 예정이다. 요즘은 고전을 많이 읽는 편이다. 예전에 읽었던 것도 다시 읽으면 느낌이 다른 매력 때문이다. 노트북과 스케치북을 챙겨넣는 것도 잊지 않는다.

학창시절엔 공부방도 없었지만 도서관도 거의 없었다. 멀리 남산도서관에 버스를 타고 가면 새벽부터 줄이 길게 늘어서 있었다. 공부할 장소가 마땅치 않아 주로 학교 도서실에 갔다. 책을 읽고 공부할 수 있는 공간도 경제성장에 발맞춰 조금씩 달라졌다. 이젠 동네마다 멋진 도서관이 많다. 내가 사는 서판교에도 공공 도서관이 둘이나 된다.

집에 원하는 것이 다 갖추어진 내 방도 있는데 이렇게 도서관에 가는 이유는 집중력 때문이다. 집에 있으면 눈에 보이는 것들이 뷔페 상차림처럼 펼쳐져 있어 이것저것 젓가락질하듯 손이 가다보면 별 의미 없이 하루를 보내게 된다. 끝없는 집안 일이 줄을 서 있고, 신문 읽기와 TV 시청, 컴퓨터 오락까지 어느 것 하나 마음이 원해서 집중할 수 있는 것이 없다. 예전엔 동네 운중천변에 즐비한 카페에 드나들었다. 커피 한 잔 마시며 몇 시간을 집중할 수 있기 때문이었다. 시간이 흐르며 카페보다 도서관이 비교할 수 없이 좋다는 것을 알게 되었다. 아침에 집을 나와 도서관 주차장에 차를 세우고 로비로 들어가 열람실 번호표를 뽑는다. 내가 원하는 하루의 시작인 것이다.

도서관은 젊음이 있는 공간이다. 곳곳에 가득 차 있는 지성의 열기를 느낀다. 무엇엔가 몰두하고 있는 침묵. 싱싱한 열정이 살아 있는 분위기. 낡고 고리타분함은 찾기 힘들다. 젊은이들은 온갖 학습서를 펴들고 힘든 진로를 모색해야 하지만, 이미 그런 과정을 다 겪은 나는 편한 마음으로 시간을 즐길 수 있다. 한 손을 이마에 얹고 책 속으로 몰입해 들어간다. 그 안에 다른 세상이 열린다.

얼마 전 사르트르가 한 말이 귓전을 맴돈다.

> 오랫동안 나는 펜을 검으로 여겨왔다.
> 하루라도 글을 안 쓰면 그 상처자국이 근질근질하다.

게으르고 치열하지 못한 나의 글쓰기를 질책하는 듯하다. 오늘은 제임스 조이스가 아름다움에 대해 말했다.

> 내가 알기로, 플라톤은 아름다움을 진실의 광채라고 했어.
> 참된 것과 아름다운 것이 서로 비슷한 것이라는 뜻이지.
> 들을 수 있는 것은 시간을 통해 제시되고,
> 볼 수 있는 것은 공간을 통해 제시되는 거야.

책을 읽으며 이런 세계 지성들의 문화적 향연에 참여하지 못한다면 인생을 무엇으로 풍요롭게 할 수 있을까. 생각할수록 고마운 일이다.

도서관은 내가 생각하지 못했던 세계로 여행하는 즐거움을 제공해준다. 책은 새로운 세계로 통하는 관문이고 또 다른 책으로 연결해주는 징검다리가 된다. 그동안 내가 할 수 있었던 경험이란 얼마나 미미한 것인가. 책을 통해 고통과 기쁨의 수많은 삶을 간접 경험하고 상상력은 우주적 존재로까지 확장된다.

도서관은 죽은 자와 산 자가 만나는 공간이자 평화롭게 공존하는 공간이다. 문헌정보실의 서가에 가서 책등에 적혀 있는 제목을 읽어가노라면 그 저자의 묘비명을 읽는 것처럼 마음이 숙연해진다. 심혈을 기울여 토해낸 영혼의 고백이 들리는 듯. 책의 그늘로 어둑한 서가를 천천히 걷고 있으면 마치 신성한 사원에 들어온 것처럼 경건해지기도 한다. 문득 서가에 꽂힌 타고르의 시가 나의 기도가 되어 들려오는 듯하다.

> 하던 일 모두 뒤로 미루고
> 잠시 당신 곁에 앉아 있고 싶습니다.
> 신비스러운 침묵 속에 가득 싸인
> 이 한가로운 시간 속에서

책 한 권을 다 읽고 마지막 장을 덮을 때의 기분을 무엇에 비길 수 있을까. 내 영혼의 은행 잔고가 늘어난 듯 뿌듯하다.

무엇보다도 도서관은 거대한 숲과 같은 공간이다. 책이 만들어지기까지 종이, 펄프, 나무로 거슬러 올라가면 이르는 숲. 세계 곳곳의 밀림으로부터 온 다양한 숲의 결집. 할아버지세대쯤에서 심은 나무가 지금 도서관의 책으로 꽂혀 있다는 생각만으로도 경이롭다. 자연의 숲이 있어 인간이 숨을 쉬듯, 도서관에 오면 지혜의 숲이 있어 영혼이 숨을 쉰다. 문학의 숲, 역사의 숲, 철학의 숲을 거닐고 있으면 가슴이 뛴다.

요즘의 도서관은 복합적 문화공간으로 자리매김되고 있다. 각 분야 전문가들의 강연 프로그램도 있고, 영화도 상영해준다. 가끔 취향과 시간이 맞으면 골라서 본다. 며칠 전엔 영화 〈노트북〉을 보았다. 사랑하며 늙어가는 인생을 아름답게 그려낸 영화였다. 식당도 마음에 든다. 백반과 돈가스, 떡만두국이 모두 사천 원이다. 먹을 만한데 아주 싸다. 게다가 즉석에서 원두를 갈아 나오는 아메리카노가 단돈 천 원이다. 오천 원으로 영육의 양식을 모두 섭취할 수 있는 곳이다.

도서관을 나서면 어느덧 거리는 어둠이 깔리기 시작한다. 마치 미지의 세계로 오랫동안 여행하다가 집으로 돌아가는 기분을 느낀다. 이런 날은 발걸음이 어느 때보다 가볍다.

우리는 비굴해졌다

친구 네 명이 여행을 하고 있었다. 담양에서는 아침식사를 할 만한 곳을 찾지 못했다. 사과 몇 쪽으로 허기를 달래고 편백나무로 유명한 장성의 축령산으로 향했다. 산에 도착했으나 산기슭 음식점은 모두 문을 열지 않았다. 우리는 산에 올라 울창한 편백나무 향을 맡으며 배고픔을 달래었다.

하산 후, 점심시간도 가까워오는데 내비게이션으로 식당을 찾았으나 마땅한 곳이 없었다. 군청을 찾아가기로 했다. 적어도 그 동네에 가면 된장찌개라도 먹을 수 있을 것 같았다. 드디어 양쪽으로 차들이 가득 주차돼 있는 번화가로 들어섰다. 그곳에서 다행히 '30년 전통의 전주집' 상호가 붙은 작은 음식점을 찾아냈다.

문을 열고 들어서니 나이 지긋한 주인여자가 종업원도 없이 혼자 식당에 있었다. 아침도 굶은 처지라 허겁지겁 신발을 벗고 앉은뱅이 식탁에 둘러앉았다. 그리고 급히 메뉴를 일별했다.

"밥 금방 되죠?"

여자는 우리가 묻는 말에 대꾸도 하지 않은 채 대뜸 자리부터 정돈시켰다.

"거기 좀 좁혀서 한 식탁에 앉아주세요."

식당엔 손님이 우리밖에 없었고 산길을 걷다가 왔기에 좀 넓게 앉아 있었다. 우리는 군말 없이 얌전히 모여 앉았다. 주방 앞엔 여러 종류의 전 이름이 나열돼 있었다. 맛있을 것 같아 식사 나오기 전에 먼저 먹어보고 싶었다.

"저, 전 빨리 되나요? 무슨 전이 맛있어요?"

독촉하는 듯한 우리 말이 또 주인여자의 심기를 건드렸나보다.

"어디서 오셨어요?"

"서울서 왔어요. 아침밥도 굶었고요. 빨리 서울로 돌아가야 해요."

여자는 눈 깜짝하지 않고 우리를 보더니 한마디했다.

"그렇게 서두르면 일 못해요."

그 순간 우린 주인여자에게 반쯤 잡혔다. 서둘러 정정했다.

"아, 네. 천천히 알아서 해주세요."

이 집에서 밥을 얻어먹지 못하면 하루 종일 굶을 것 같은 위기감이 들었다.

"무슨 전이 좋을까요?"

이젠 메뉴 선택권도 주인여자에게 맡겼다.

"해물녹두전이 좋으니, 그걸 드세요."

“아, 예. 그럼 그걸로 해주세요.”

우리는 주인여자가 구세주나 되는 것처럼 공손해졌다.

“내가 맛있게 해줄게.”

드디어 구세주는 반말로 나오기 시작했다.

“나는 조미료 하나 안 넣고 고추도 소독을 할 정도로 깨끗이 한다니까.”

“아, 네….”

우리는 주인여자 말에 머리를 조아리듯 끄덕이며 목소리조차 고분고분해졌다.

“식당 문은 열고 싶으면 열고 닫고 싶으면 닫는겨.”

“문이 열려 운이 좋으면 먹는 거지 뭐.”

주인여자는 은근히 우리를 압박하며 자신감을 드러내고 있었다. 우린 그녀의 말처럼 맛있는 식사만을 고대하며 비굴 모드로 바뀌고 있었다. 은희가 한마디 했다.

“사장님은 지금도 미인이지만 젊었을 땐 정말 미인이었겠어요.”

이젠 아첨 수준이 되었다. 주인여자는 만면에 미소를 짓더니 음식을 준비하다 말고 주방 탁자에 팔꿈치를 괴고 우리를 여유 있게 둘러보며 한마디 했다.

“젊었을 때 한인물 안 한 사람 있나?”

우리가 숙맥처럼 보이는지 빙긋 웃어주기까지 했다. 머리는 뒤로 모아 묶고, 얼굴은 가무잡잡했으나 눈이 크고 반듯하게 생겼다. 음식 장사치고 수더분해 보이진 않았다.

드디어 반찬이 나오고 녹두해물전이 나왔다. 다들 허기진 배를 채우려 허겁지겁 먹으며 맛을 칭찬했다. 아니, 찬양했다. 빈속에 무슨 음식인들 맛이 없겠는가. 드디어 식사로 주인여자가 추천한 매생이굴국이 나왔다. 밥은 없었다. 배가 고파 밥이 나오기도 전에 우리는 이미 파김치며 감자조림 등 짠 반찬들로 배를 채우고 있었다. 할 수 없이 먼저 나온 국을 허겁지겁 먹고 있을 때 드디어 밥이 나왔다. 그런데 밥공기를 하나씩 따로 주지 않고 밥통에 조금 남은 밥을 작은 양푼에 긁어 담아 우리에게 건네주는 것이었다.

"밥이 모자라서…. 그냥 먹다가 밥 다 되면 더 줄게."

우린 앞 접시에 밥을 한 주걱씩 담아서 먹기 시작했다. 나는 더 먹을 셈으로 조금 펐는데 주인여자는 양푼에 남은 밥을 도로 가져가 새로 온 다른 손님들에게 주었다. 그들은 단골인 듯했다. 밥을 조금 떠온 것이 서운했으나 또 주겠지 생각하며 아껴 먹었다.

"왜 밥 더 안 주세요?"

드디어 내가 한마디 했다. 주인여자는 힐긋 쳐다보더니 새 밥통의 밥을 또 양푼에 성의 없이 담아내왔다. 친구들은 이것저것 집어 먹어 더 생각이 없는 듯했다. 나는 친구들에게 조용히 투덜댔다.

"아니, 왜 밥을 안 주는 거야. 이렇게 있으면서."

해선이가 눈치를 보며 한마디 거들었다.

"밥 더 필요하면 달라고 했어."

"언제? 난 못 들었단 말야."

새로 한 밥을 몇 술 더 뜬 후, 밥값을 내고 밖으로 나왔다.

식당 안에선 꼼짝 못하다가 대로변으로 나오는 순간 갑자기 분통이 터졌다.

"뭐야 그 여자! 너네 그 여자 얼굴 어떻든? 미인은 무슨 미인."

기가 막혔던 내가 흥분했다. 인숙이가 한마디 했다.

"그 여자 얼굴 보니 남자 여럿 거친 여자야."

"입술에 끼가 흐르더라."

"맞아, 맞아! 보통 여자 얼굴이 아냐."

"남자 잡아먹게 생겼어. 우리도 꼼짝 못했잖아."

우린 서로 분개하며 성토했다. 종로에서 뺨 맞고 한강에서 눈 흘기는 격이었다.

"너 은희 왜 그리 비굴 모드로 나왔니?"

내가 한마디 하니 은희는 씩 웃더니 중얼거렸다.

"밥 얻어먹으려면 잘 보여야겠더라. 여차하면 내쫓을 기세였잖니?"

해선이도 한마디 거들었다.

"우리가 너무 착해서 그래."

식당 주인여자 흉을 한참 본 후에야 분이 풀려 끝도 없이 웃었다. 그나저나 밥 한 끼 그렇게 맛있게 먹은 적도 드문 것 같다.

밥줄을 쥔 자가 세계를 지배한다는 것은 만고의 진리임에 틀림없다. 작은 식당에서 우린 그 사실을 실감했으니까.

모든 아름다움은 슬픔에 잇닿아 있다

친구들과 담양 명옥헌의 배롱나무를 보러가기로 했다. 화창한 9월의 첫날. 집을 나서다가 현관 화단에서 발길을 멈추었다. 무리지어 핀 과꽃이 햇살을 받아 진분홍으로 빛나고 있었다. 꽃잎에 알알이 박힌 어린 시절의 아련한 추억에 가슴이 뭉클했다. 물론 벚꽃 흩날리는 공원과 화단에 울타리를 쳐놓고 귀한 대접을 받는 모란꽃의 우아한 아름다움도 사랑한다. 서양에서 들어온 파스텔톤의 세련된 꽃들도 보기 좋다. 그러나 과꽃이나 백일홍, 채송화처럼 어린 시절 나와 함께하던 꽃들의 애틋함을 따를 수 없다.

유년에는 느낄 수 없었지만, 성인이 되어 그 시절을 생각하면 느껴지는 슬픔이 있다. 철없이 뛰놀고 철없이 세상을 바라보았지만, 견디어야 하고 견딜 수밖에 없는 어린아이의 막막한 슬픔을 그때는 알 수 없었다. 그 시절 곁에 있던 꽃들이었기에 그 원색의 아름다움이 색동옷 되어 가슴 메이게 하는지 모르겠다. 그러니까 어른이 되어서도 그 꽃들은 나의 기억을 붙잡고, 유년의 내 모습을 가여워하며 위로하고 싶은 마음인 것이다.

엄마 등에 업혀 피난을 내려오며 무의식 저편에서는 이미 전쟁의 포화를 경험했다. 배고프면 말은 못해도 연기 나는 굴뚝을 보며 밥 달라고 손가락질을 했다고 한다. 그리움이 무엇인지는 몰랐지만 땅바닥에 돌로 금을 그어가며 긴긴 시간 일 나간 엄마를 기다렸다. 엄마가 나를 사랑하신다는 것을 알았기에 그 막막한 날들을 보채지도 않고 의젓했다.

색색가지 꽃이 피어나는 교회 꽃밭에서 나비나 꿀벌들과 함께 놀았다. 동네 친구 영수는 침에 쏘이지 않고 꿀벌 잡는 방법을 가르쳐 주었다. 소꿉장난을 할 때면 꽃잎을 따와서 놀았다. 골목길을 걷다가 먼지가 뽀얀 까마중을 발견하면 따먹기도 하고, 꽈리도 터뜨리지 않고 만들어서 불었다. 철봉에 거꾸로 매달려 세상을 보면 나무도 꽃들도 모두 거꾸로 매달려 있었다. 그때를 생각하니 무심히 지나치던 아파트 화단이 정다워지기 시작했다. 어린 시절 함께하던 꽃들은 마음 깊숙한 곳에 오롯이 자리잡고 있었다.

사춘기시절의 추억은 라일락 꽃향기로 아른거린다. 엄마는 집 주변에 라일락을 많이 심어놓았다. 꽃 피는 봄밤에 우리 자매들은 오빠의 청에 따라 창문을 열고 노래를 불렀다. 진한 라일락 향기가 방 안으로 들어왔다. 꽃향기만으로 행복할 수 있었던 그때, 가난했지만 꿈 많은 봄의 꽃나무처럼 커가던 시절이었다.

좋아하는 꽃들 중에 배롱나무를 빼놓을 수 없다. 담양을 여행할 때마다 꽃이 한창인 9월에 다시 오고 싶었다. 오랜만에 찾아온 명옥헌. 수백 년 세월을 견디어낸 배롱나무 꽃들은 예전이나 다름없이 흐드러지게 피어 있었다. 꽃나무 그늘과 연못에 비친 구름까지 모두 붉은 빛으로 가득했다. 정자에 앉아 배롱나무 꽃무리를 하염없이 바라보았다. 비할 데 없는 풍경이었다. 잠깐 생각에 잠겨 있을 때 마음 깊은 곳으로부터 알 수 없는 통증이 밀려왔다. 그것은 무엇이었을까.

대학시절 충청남도의 개심사로 답사를 간 적이 있다. 그때 찍은 사진 한 장에는 활짝 핀 배롱나무 아래 웃고 있는 스무 살이 있었다. 사진 속의 젊음은 꽃보다 환했지만 그 시절을 생각하면 가슴이 저릿하다. 젊음은 이상을 지향하는데 현실은 이룰 수 있는 것이 하나도 없었다. 언제였던가. 꽃잎을 한 장씩 따버리며 세상의 모든 아픔과 허기를 버무려 어둠을 향해 던져버리고 싶던 때가. 지금은 다시 경험할 수 없는 그 감성의 출렁임이 왜 그리 애잔하고 그리울까.

배롱나무를 좋아하는 것도 무의식 저편, 아련한 그 시절의 방황이 숨어 있기 때문일 것이다. 그리고 지금 나는 그때의 젊음에게 위로의 말을 건네주고 싶은 것이다. 모든 젊음은 방황하는 것이라고. 그리고 그때의 방황이 너를 성장시켰다고.

지금은 개심사의 배롱나무도 늙어 연못 위에 고색창연한 명물이 되었다. 나의 젊음도 사라졌다. 그러나 가진 것 없던 그 시절, 속된 것에 휩쓸리지 않고 근원적인 것을 고뇌하던 젊음이 소중하게 기억된다.

그러니까 내가 어떤 꽃을 좋아한다는 것은, 꽃의 아름다움 속에 숨어 있는 아련한 추억 때문인지도 모른다. 모든 아름다움은 슬픔에 잇닿아 있고, 먼 기억 속에 내재한 슬픔도 아름다움에 도달하기 위한 가슴앓이가 아니었을까.

카잔차키스와 조르바

내 나이 서른쯤 되었을까. 우연히 TV에서 안소니 퀸이 열연한 영화 〈그리스인 조르바〉를 보았다. 젊음이 가져다준 감동 때문이었을까. 원작자인 카잔차키스의 책을 찾아 읽기 시작했다.

사유하기보다 행동하는 인물이었던 조르바. 카잔차키스가 한 평생 배움과 사색을 통해 얻으려했던 깨우침, 그 인간의 길을 조르바는 행동으로 보여준다. 위선으로 가득 찬 세상에서 어느 것에도 구속받지 않으며, 진정한 자유를 구가하던 소설 속의 조르바는 그가 실제 만났던 인물이었다고 한다. 주인공이 에게해의 아름다운 섬 크레타에서 갈탄광사업이 망하기까지 조르바와 보내며 지금껏 경험해보지 못한 감동을 소설화한 것이다. 영화에는 마지막에 자유로운 영혼을 상징적으로 표현한 '조르바의 춤과 음악'이 나온다.

니체와 베르그송의 영향을 받은 카잔차키스는 '인간의 한계를 극복하기 위해 투쟁하고, 생의 도약을 성취시키는 인간'을 지향한다.

그의 사상의 핵심인 메토이소노[聖化]란 '물리적 화학적 변화 너머에 존재하는 변화'를 말한다. 예를 들어, 예수가 최후의 만찬에서 빵과 포도주를 나의 살과 피로 표현한 바 있다.

"인간이란 참 묘한 기계지요. 속에다 빵, 포도주, 물고기, 홍당무 같은 걸 채워주면 그게 한숨이니 웃음이니 꿈이 되어 나오거든요. 무슨 공장 같지 않소."

카잔차키스는 배운 것 없는 조르바의 거친 말과 행동을 책을 통해 메토이소노한다.

'진리를 알지니 진리가 너희를 자유케 하리라'고 말한 예수를 인간적인 모습으로 이해하려했던 니코스 카잔차키스. 그는 이 책에서 신을 통한 구원에 이르려는 수도승들을 비웃고 그들을 무지한 사람들 등쳐먹는 사기꾼으로 묘사한다. 중세의 금욕주의자들에게 있었던 '성자의 병'을 앓았다는 그는 평생을 구도자의 모습으로 살았다.

그는 인간이 만들어낸 타락한 신이 아니라, 인성을 입은 예수의 인간적인 고뇌를 너무도 깊이 이해했다. 그의 다른 소설『최후의 유혹』에선 막달라 마리아를 예수의 약혼녀로 그려놓기까지 한다. 그의 책은 기독교에선 금서가 되었고 그는 그리스정교회에서 파문당한다.

신화의 탄생지이며 제우스의 고향이기도 한 크레타는 카잔차키스의 고향이기도 하다. 얼마 전 유럽문명의 모태라는 그리스의 크레타 섬에 갔을 때 그 섬의 핵심이라는 크노소스 궁전보다, 제일 가보고 싶었던 곳은 카잔차키스의 무덤이었다.

언덕을 걸어올라 그의 무덤에 발을 딛고 나무 십자가를 바라보았을 때 가슴 찡하던 순간. 급기야 모자 쓴 얼굴을 돌려 멀리 파란 하늘을 쳐다보았다. 그의 무덤엔 정교회에서 파문당한 사람의 무덤에만 쓰이는 나무 십자가가 서 있고 비문엔 그가 부탁해두었던 유언이 적혀 있었다.

나는 아무것도 바라지 않는다.
나는 아무것도 두려워하지 않는다.
나는 자유다.

나는 지금 얼마나 자유로운 인간인가. 아직도 나를 구속하는 것은 무엇일까. 언덕 위 푸른 잔디 위에 소박하게 놓인 무덤, 무슨 힘에 이끌려선지 나는 그 나무 십자가 앞에서 절을 하지 않고 조르바 춤을 추었다. 진심이 담긴 기쁨과 자유의 춤이었기에.

배운 것 없는 조르바는 카잔차키스가 평생 배움으로 얻으려 했던 것들을 살아왔다. 그렇다면 행동 없는 배움이 무슨 소용이 있을까. 배움과 행동이 일치하는 삶을 살고 싶지만 그것 또한 마음대로 되지 않는다. 인간에게 자유의지가 있다고 하지만 일상 속에 되풀이되는 행동들은 이기적 유전자에 로봇처럼 조종되어지는 느낌을 가질 때가 있다. 이럴 때 평생 삶에 대한 지적 탐구를 그치지 않았고 비로소 인간의 한계와 두려움을 극복하고 '자유'하게 된 그를 존경한다. 그리고 그가 이상적 인간의 모습으로 그린 조르바를 떠올린다.

이제, 내가 매일 먹고 마시는 것들이 탐욕이 아니라, 사랑과 꿈과 자유함으로 변화되기를 기도해야 하지 않을까.

나는 달빛을 받고 있는 조르바를 바라보며 주위 세계에 함몰된 그 소박하고 단순한 모습, 모든 것(여자, 빵, 물, 고기, 잠)이 유쾌하게 육화肉化하여 조르바가 된 데 탄복했다. 나는 우주와 인간이 그처럼 다정하게 맺어진 예를 일찍이 본 적이 없었다. 그는 살과 피로 싸우고 죽이고 입을 맞추면서 내가 펜과 잉크로 배우려던 것들을 고스란히 살아온 것이었다.

—『그리스인 조르바』 중에서

내 어린 시절의 좁은 문

내 나이 여섯 살쯤 되었을까. 교회 주일학교 선생님은 설교 중에 '좁은 문으로 들어가라'고 하셨다. 그 길은 '생명으로 인도하는 문이고 길이 매우 좁아 찾는 이가 적다'고 덧붙였다.

그때부터 나는 우리 집 뒤 담벼락 사이로 난 좁은 길을 한번씩 돌아서 집으로 들어가곤 했다. 신통하게도 '생명으로 인도하는 문'으로 들어가려 노력했던 어린 시절을 생각하면 웃음이 나온다. 그때의 기억이 떠오른 순간 나는 시간의 강물을 거슬러올라 천진한 아이가 되어 좁은 골목을 걷고 있다.

태어나 엄마 등에 업혀 남쪽으로 피난을 내려왔으니, 어쩌면 난 출발부터 좁은 문을 통과하고 있었던 셈이다. 그때 내가 살던 작은 집과 뒷집 담벼락 사이에 있던 공간은 길이라고도 할 수 없었다. 햇살도 들어올 수 없는 음습하고 비좁은 공간. 담장 옆으로 잡초가 드문드문 돋아 있고 급하면 가끔 뛰어와 쉬를 하던 어두컴컴한 곳. 그곳엔 내가 가지고 놀다가 버린 단추며 사금파리 등이 뒹굴고 있었다. 일정기간 그런 곳을 한 바퀴씩 돌아서 집으로 들어간 것은 순전히 주일학교 선생님의 가르침 때문이었다.

교회는 우리 집 바로 앞에 있었는데 큰 운동장과 꽃밭도 있었다. 그곳은 나의 놀이터였고 나의 우주였다. 엄마는 서울수복 후 언니들을 피난지에 남겨두고 우선 막내인 나와 오빠만 데리고 서울로 오셨는데, 나는 이 무렵에 하루 종일 집에 혼자 남겨졌다. 옆집에는 나보다 두 살 위 언니가 살고 있었고 언니와 나는 소꿉장난을 많이 하고 놀았다. 내가 어리숙하고 순진한 아이였다면 언니는 야무진 깍쟁이였다. 그러니까 나는 소꿉장난 할 때 언니가 시키는 대로 벽돌조각을 깨서 고춧가루를 만들어야 했고, 반찬을 만들기 위해 교회 꽃밭에서 노란 꽃, 파란 잎을 따와야 했다.

엄마는 아침에 집을 나가며 나에게 십 환씩을 주셨는데 나는 그 돈으로 눈깔사탕을 사먹기도 하고 교회 할머니 전도사님에게 저금하기도 하였다. 이 사실을 알게 된 옆집 언니는 그 돈을 소꿉장난 비용으로 쓰자고 했다. 난 그 요구를 듣지 않을 수 없었다. 이제 내 눈깔사탕과 저금은 사라졌고 오로지 상납의 비리만 남게 되었다. 그 후 언니는 소꿉장난을 할 때면 나에게 엄마 역할도 맡겼고, 돈을 가져오면 더 다정하게 대해주었다. 나는 그 재미에 빠져 더 큰 것을 노리게 되었다.

드디어 나는 몹쓸 짓을 하게 되었는데, 지금 생각하면 그게 나쁜 짓인지도 모르고 했다는 사실이다. 그 시절 나는 엄마가 어디에 돈을 두는지를 알았다. 얼마였는지는 기억나지 않지만 그 돈만 있으면 옆집 언니의 칭찬을 들으며 소꿉장난을 재미있게 할 수 있을 터였다. 급기야 난 엄마의 지갑에서 돈을 꺼내어 속옷에 넣고 돈이 빠지지 않도록 실로 묶어놓았는데 지금 생각해도 너무 어수룩하게 묶어놓았다. 누가 보더라도 '나 여기에 무얼 감추었소' 광고하는 꼴이었다. 그날 속옷바람으로 잠자러 엄마에게 다가갔다. 비죽 튀어나온 돈을 보고 엄마는 이게 무어냐고 물었고 곧 사실이 들통 나고 말았다.

"이런 일 앞으로 세 번만 더하면 지옥 간다."

엄마는 딱 한마디 하고 나를 끌어안고 주무셨다. 생명으로 인도하는 길로 가기 위해 컴컴한 좁은 길도 마다하지 않는 나에게 지옥이란 말은 치명적인 것이었다. 한번만 더 그러면 지옥 간다고 하지 않고 세 번이라고 한 것은 엄마도 사랑스런 딸에게 겁만 주려하신 것 아닐까. 그 후 아무리 외톨이가 된다 해도 그런 일은 다시 일어날 수 없었다.

얼마가 지난 후 떨어져 지내던 언니들이 구원병처럼 서울로 올라왔다. 그리고 막내언니가 나와 옆집 언니의 일들을 알게 되었다. 넓은 교회 운동장에서 동네 친구들이 지켜보는 가운데 막내언니는 옆집 언니의 비리를 큰소리로 단죄했고, 옆집 언니는 고개를 숙였다. 나는 의기양양해져서 친구들을 둘러보았다. 건너 동네 남자아이 영수도 센베가게 혜경이도 우리 편이라는 듯 빙긋 웃고 있었다. 옆집 언니보다 더 야무졌던 우리 언니를 당할 사람은 없었다. 이제 나는 막강한 구원병을 얻은 것이다. 친구들은 나를 부러워하는 듯했고 그날 따라 교회 첨탑 십자가도 더 빛나보였다.

비로소 나는 좁은 문을 통과해 밝고 넓은 길로 나올 수 있었다. 살다보면 좁은 문을 지나야 할 때가 어디 한번뿐이겠는가. 그리고 우린 십자가처럼 그 길의 무게를 지고나간다. 그 시절 나는 어린아이가 견뎌내야 할 좁은 문을 통과하고 있었다.

봄비와 친구와 음악과

종일 봄을 재촉하는 비가 내리던 날 우산을 쓰고 산책을 나갔다. 공원의 나무들은 비에 젖어가고 포실해진 땅에선 새싹이 솟아나올 것 같았다. 휴대폰으로 듣는 클래식 전문방송에선 한국인이 가장 좋아하는 음악을 장르별로 조사해 한 악장씩 들려주고 있었다.

교향곡 부분에서 1위 곡은 역시 베토벤의 〈합창〉이었다. 예전 정명훈의 서울시향은 해마다 연말에 연주하는 이 곡을 연초에 매진시켰다. 방송 해설자는 우리 음악애호가들도 이제 말러나 쇼스타코비치 등 다양한 곡들을 적어낸다며, 한국인의 음악 수준을 높이 평가하고 있었다. 음악의 폭과 깊이가 확장되어 듣는 재미도 끌어내고 있었다.

성악 부문이 나올 때 난 이미 내 손등의 빗방울을 털어내며 슈베르트의 〈보리수〉를 따라부르고 있었다. 역시 〈겨울 나그네〉가 1위였다. 비가 와서인지 사람도 없었고 나무들은 내가 들려주는 음악에 귀 기울이는 듯 조용했다.

음악은 손에 잡을 수도 볼 수도 없는 가장 추상적인 예술이다. 몰입된 순간 나는 현실을 뛰어넘어 상큼한 오월의 여행지에 있기도 하고, 사랑의 감성에 빠져보기도 하고, 천상의 세계로 이끌리기도 한다. 일상의 권태 속에서도 나를 자극하고 새로운 곳으로 안내해 주는 음악. 가끔은 거룩함과 신성함의 분위기에 젖어 두 손을 모으고 기도하게 한다.

음악에 빠져 있을 때면 떠오르는 친구가 있다. 김복선. 오래 전 같은 학교 동료였던, 나보다 더 음악을 사랑하던 친구. 아마 이 방송을 듣고 있을 것이다. 산책 후 집에 와서도 계속 FM을 켜놓았다. 실내악 순위가 발표되고, 브람스가 흐르고 있었다. 클래식을 사랑하고 함께 나누었기에 멀리 떨어져 지내도 항상 좋은 기억으로 남아 있는 친구, 김 선생님에게 문자를 보냈다.

"지금 브람스의 현악 6중주 1번 나오네요. 김 샘, 듣고 있나요?"

그 옛날, 친구와 들으며 내가 죽으면 장례식 때 이 곡을 틀어달라 했었는데…. 즉시 답신이 왔다.

"저도 들으며 샘 생각하고 있었어요."

"오늘 봄비 좋았지요?"

"그래요. 몸도 마음도 촉촉해지는 것 같아요."

"지금 나오는 〈스프링소나타〉는 몇 위예요?"

"4위예요. 실내악 1위는 뭘까요?"

"대공 트리오? 아직 미발표지요?"

"저도 홈페이지에 대공 적었는데, 그게 7위네요."

"베토벤 아니면 슈베르트겠죠."

음악 속에서 많은 추억을 함께한 친구. 귀로는 음악을 듣고, 손가락은 문자를 두드렸다.

"옛날 당직 근무하며 잠시 배드민턴 칠 때 듣던 음악 기억나요?"

"줄리아니 기타협주곡이죠. 그 음악 나오면 그때가 생각나죠."

셔틀콕이 머리 위로 오르면 우리는 기타 줄보다 가볍게 튀어올랐다. 음악적 감성이 통했기에 함께하는 모든 것들이 즐거웠다. 산에 가면 정지용의 〈향수〉를 듀엣으로 부르고, 리듬감 있는 음악이 나오면 거기에 맞추어 춤을 추었다.

"아, 〈죽음과 소녀〉 나오네요. 이게 3위네요."

"함께 근무할 때 많이 듣던 곡이죠."

"아마 1, 2위는 〈송어〉나 〈아르페지오네소나타〉일 듯."

"비 오는 날 차 안에서 샘이 〈아르페지오네소나타〉 틀어주셨죠."

"그게 벌써 삼십 년이 다 돼가네요."

"음악 들으며 문자 나누니 좋아요. 아, 축하. 1, 2위 맞추었네요."

"모처럼 대화 나누니 그 시절로 돌아간 듯 좋아요,"

"그래요. 그게 음악의 힘인가봐요."

실내악 부문 1, 2, 3위가 모두 슈베르트였다.

언제였더라, 꿈속에서 슈베르트를 포옹해본 적이. 그의 특징인 고수머리와 안경 낀 앳된 모습은 꿈속에서도 애잔한 선율과 함께 나를 감동시켰다. 그의 현악 사중주 〈죽음과 소녀〉는 방황하던 대학시절의 배경 음악이었다. 음악처럼 영혼을 정화시켜주는 것이 어디 있을까.

1970년대 대학시절 광교에 음악감상실 '아폴로'가 있었다. 어두운 실내, 그곳을 떠올리면 어느 날 내 앞자리에서 〈아르페지오네소나타〉를 허밍으로 조용히 따라부르던 사람이 생각난다. 등을 보이고 앉아 있는, 그와 눈 한번 마주치지 않았지만 음악적 분위기로 이미 소통하고 있다는 생각을 했다. 밤 열 시만 되면 감상실의 덧창이 열리며 브람스의 자장가가 흐르고, 그때 창밖으로 보이는 휘황한 거리의 불빛이 왜 그리 아름답고도 슬퍼보였는지…. 정신은 귀족이지만 현실은 어렵기만 했던 시절. 지금 생각해보면 그때 느꼈던 젊음의 자유와 방황, 그 비애가 내 성장의 밑거름이 되지 않았을까 생각해본다.

지금 친구와 문자 메시지를 나누며 아득한 회상에 잠겨본다. 사람들은 누구나 잊지 못할 추억이 있다. 나는 음악과 함께한 추억이 소중하고, 그런 추억을 나눌 수 있는 친구가 있어 좋다.

꿈속의 여행길

봄은 올해도 탄천변에 와 있다. 봄소식이 적힌 편지를 벚나무와 개나리울타리에 걸어두고 기다릴 것이다. 관객으로 초대된 사람들은 마스크를 쓰고 봄의 주변을 서성이는데, 아쉽게도 유채꽃밭은 서둘러 밭을 갈아엎고, 벚꽃축제도 간판 내릴 준비를 하고 있다. 코로나19가 무엇이기에 봄잔치까지 막아서나.

봄마다 찾아가던 쌍계사의 벚꽃길. 지금 그곳은 벚꽃이 한창 피어날 것이다. 오래 전 여행길에 섬진강과 보성강변을 친구와 자전거로 누빈 적이 있다. 하얀 모래톱과 은빛 강물이 햇살을 받아 반짝이고, 머리 위로 벚꽃잎 흩날리면 기쁨의 함성을 지르던 그때가 어제인 듯 생생하다.

남편과 나는 집 아래 탄천공원길을 산책하는 것 외엔 대부분의 시간을 집에서 보내고 있다. 사람을 만나지 않고 이렇게 고립되어 살다보니 소소한 기쁨들이 점점 줄어들고 있다. 탄천은 온갖 꽃들이 피어나며 계절을 변주하는데 사람들은 일상을 잃어버렸다.

코로나바이러스가 세계를 휩쓸며 우리의 삶 전체를 순식간에 바꾸어버렸다. 사회적 거리를 두고 서로를 경계하며 마음마저 멀어져 간다. 세상의 변화 속도는 빨라지는데, 적응하기는 점점 어려워진다.

즐겨 찾던 도서관을 언제 다시 갈 수 있을지 알 수가 없다. 문헌정보실에서 내가 보고 싶은 책을 마음대로 고르던 때가 그리워진다. 누구인지 모를 수많은 사람들의 손길에 닳아버린 책 냄새. 그저 평범한 일상이 그리움이 되어버렸다. 집에서 글이 써지지 않을 때면 자주 카페를 찾아갔었지. 그곳에 앉아 노트북을 열고 커피 한 잔 마시면 막혔던 글이 풀리기도 하고 메말랐던 상상력이 샘솟기도 했는데. 배 고프면 샐러드나 샌드위치를 시켜먹고 가지고 간 책의 페이지를 넘기던 시간들…. 폼 잡고 앉아 마치 대단한 작가인 양 자판을 두드리던 때가 그립다.

이렇게 모든 일상이 기약도 없이 사라질 줄 누가 짐작이나 했을까. 더구나 여행은 꿈도 못 꾸게 될 줄이야. 우리 집 양지바른 베란다에는 몇 번 더 사용할 마스크를 걸어두고 말린다. 햇볕을 받아 반짝이는 하얀 마스크는 나의 몸을 지켜주는 보호장구가 되었다.

지난 주말엔 봄나들이도 못 가는 가족들이 탄천공원으로 많이 나왔다. 봄소풍 온 것처럼 잔디밭에 텐트를 치는 가족도 보이고, 자전거를 타고 멀리서 왔다는 아가씨는 푸짐하게 싸온 도시락을 펼치고 있었다. 자주 보는 할머니는 오늘도 손자 둘과 축구를 하고, 한 할아버지는 자전거 뒤에 네 발 달린 나무의자까지 싣고 왔다. 원하는 아무 곳에서나 쉬고 싶어서일 것이다. 나도 비어 있는 벤치를 찾아 앉았다. 햇살이 좋고 바람이 불지 않으니 노곤하여 졸음이 왔다.

이렇게 좋은 봄날 집에만 있다는 건 너무 억울하다. 사람들과 거리를 두고 조심한다면 왜 여행을 못 가겠는가. 우선 마스크를 챙기고 대중교통은 이용하지 않고 내 차로 혼자 떠나기로 했다.

서해바다에 해 지는 풍경을 보고 싶었다. 사라져가는 태양 주위로 물드는 저녁노을. 철썩이며 밀려나가는 썰물과 함께 타오르는 노을빛. 몇 시간 자동차를 달려 안면도의 작은 해수욕장에 닿았다. 한적한 봄 바다. 썰물 때의 모래펄이 둥그렇게 펼쳐지고 드문드문 송림이 우거진 아름다운 바닷가. 가까운 곳에 숙소를 정해놓고 몇 시간인지도 모르게 해변을 거닐었다. 해가 저물고도 한동안 붉게 물들어 있던 수평선의 하늘이 시나브로 어두워지며, 하늘엔 별이 하나둘 돋아나기 시작했다. 밤별을 보며 쇼팽의 〈야상곡〉을 들었다. 피아노 건반 위의 수많은 감미로운 터치가 마치 밤하늘의 별빛 같다고 생각했다. 그동안 답답하던 가슴이 시원하게 풀리는 것 같았다.

내일은 어디로 갈까. 옛날에 자주 가던 남도여행? 아니야, 이번엔 산이다. 지리산 종주를 다시 한번 해보고 싶다. 능선길 따라 끝없이 걷다보면 세상의 모든 걱정 눈 녹듯 사라지고, 자연 속에 살아 숨쉬는 나와 마주할 수 있을 것이다. 철쭉꽃 피던 세석평전을 떠올리니 마음은 벌써 지리산 능선길을 걷고 있었다. 이런저런 생각에 몸을 뒤척이다 눈을 번쩍 떴다. 주변을 둘러보니 내가 눈을 감고 있던 곳은 안면도 숙소가 아니라 분당의 탄천공원이었다. 봄볕을 즐기다가 나도 모르게 꿈속 여행을 하고 온 것이다. 잠시였지만 행복했다.

주변을 둘러보니 발아래엔 꽃다지와 냉이꽃이 마주보며 옹알거리고, 냇물에 갓 부화 된 오리들이 자맥질하는 모습은 귀여워 눈을 뗄 수가 없다. 봄 그림자로 수면은 온통 파스텔 빛으로 물들고 탄천은 봄의 싱싱한 생명력으로 넘실대고 있었다. 멀리 가지 않아도 이곳이 천국인 것을….

그래, 위기는 기회라는 말도 있지 않은가. 그동안 바쁘다는 핑계로 게으르던 글쓰기에 좀 더 집중하고 싶다. 마무리짓지 못한 글을 끝내고, 그동안 잡지에 발표한 글을 모아 또 한 권의 수필집을 준비해야겠다. 오랜 시간 독서의 습관도 다시 정착시키고 싶다. 상황에 맞게 내 생활도 더 바람직하게 변해야 하지 않을까.

이 좋은 봄날, 인간은 보이지도 않는 바이러스에 무력해지고 있다. 그러나 언젠가 지나가리라. 위기는 언제든 찾아올 수 있다. 그게 인생이니까. 살아가는 동안 사회에 바이러스를 퍼뜨리는 사람이 아니라 바이러스를 퇴치하는, 선한 의지를 가진 사람들 편에 서 있어야 한다고 생각해본다.

꿈속에 여행길을 떠나듯 내 삶이 아름다운 여행길이 될 수 있도록 준비해야겠다.

봄날 황혼의 유쾌한 실수

하루하루가 선물 같았다. 대학 동창 15명이 함께한 3박 4일의 규슈 올레길. 보이는 곳마다 봄, 봄, 봄이었다. 우리가 '풀잎' 하고 부르면, 입 속에선 푸른 휘파람 소리가 난다는 시인이 있다. 나는 풀밭에 무수히 피어난 작은 풀꽃과 눈 맞추며 휘파람처럼 경쾌하게 걸었다. 어린 시절 무지개 색깔의 꿈과 만나듯.

"얘들아, 이 꽃 좀 봐라."

카르멘이 입에 물고 춤이라도 추고 싶었을 커다란 겹동백. 영희가 꽃을 주워서 가슴에 달자, 친구들이 활짝 웃으며 함께 사진을 찍었다. 그 아래 제비꽃이 배시시 웃었다. 나는 작은 꽃에 더 정이 간다. 화려하고 큰 꽃도 좋지만 앙증맞은 풀꽃들이 자세히 보면 빠진 이 하나 없이 예쁘고 사랑스럽다.

길고 긴 길을 한걸음 두 걸음 걸었다. 그동안 얼마나 먼 길을 걸어왔는지 또 앞으로 걸어야 할 길이 얼마나 남았는지 알지 못했다. 올레길이든 인생길이든.

우린 빛나는 청춘에 함께 교정을 걸었는데, 이제 황혼의 나이가 되어 함께 들길을 걷고 있었다. 그동안 우리의 살아온 길이 꽃길만 있었을까. 돌부리에 걸려 넘어질 때도 있었고, 남 몰래 울 때도 있었겠지. 각자의 삶을 살아내고 다시 함께 걷는 길. 우리를 축복하듯 꽃비가 내렸다.

온천이 좋다는 우레시노에 머물며 타케오 올레길과 카라츠 올레길을 걸었다. 제주도와 똑같은 마크와 리본, 화살표가 곳곳에 있어 길을 안내했다. 예전엔 젊다는 자신감이 있었기에 걷는 게 두렵지 않았다. 이젠 언제 끝날지 모를 모든 길이 조심스럽다. 그래도 이렇게 걷게 하는 동력은 무엇일까. 다시 찾아온 봄과 그 경이로움, 살아있음에 대한 이해와 감사 때문인지도 모른다.

이번 여행은 시작부터 실수 연발이었다. 아침 7시 30분, 인천공항에 모두 모여 발권을 하려는데 은희가 보이지 않았다. 좀 늦나 싶어 전화를 했다.

"은희야, 어디야. 다 모였는데 왜 안 와?"

"왜? 너 어디야."

"여기 인천공항이야. 애들 다 모였어. 어디쯤 오니?"

"엉? 오늘이야? … 끊어, 알았어."

전날까지 카톡을 서로 주고받았는데도, 화요일 떠나는 날짜를 수요일로 착각하고 있었던 것이다.

그래도 포기하지 않고 오후 비행기 표를 새로 사서 혼자 호텔로 찾아왔다. 자유여행을 많이 해보았기에 어렵지 않게 온 것이다. 저녁식사 자리에서 만나 모두의 박수를 받고 해선이가 환영 맥주를 쏘았다. 다음날 식사 자리에서는 신경쓰게 해서 미안하다며 은희가 사케를 한 잔씩 돌렸다. 몇 년간 모은 카드마일리지를 한방에 날렸다며 눌려대도 기분 좋게 웃었다.

올레길을 함께 걸으며 우리가 알고 있는 일본어는 다 튀어나왔다. 선규는 일본 가이드와도 능숙하게 대화할 정도였지만, 대부분 일본어는 전혀 모르거나 초보 수준이었다. 한 친구가 버스에 올라타더니 손을 흔들며 전날 알아둔 '오하이오'란 아침인사를 한다는 게 '잘 자라'는 밤 인사를 했다.

"오야스미나사이!"

버스 안에선 웃음꽃이 피었다. '조또마떼'라 소리치면 일본인 가이드가 앞장서 걷다가 당장 서서 돌아보았다. 우린 그게 우스워 또 한참을 웃었다. 벚꽃은 절정을 지났지만 그래도 곳곳에 왕벚꽃이나 수양벚꽃이 흐드러져 눈을 황홀하게 했다. 철쭉동산에 봉오리가 붉게 맺히고 있었다.

우리의 실수는 둘째 날 밤에 절정을 이루었다. 저녁마다 한 방에 모여 담소를 나누었는데, 그날은 과일을 사가지고 들어왔다. 저녁식사 후 각자 방으로 갔다가 저녁 8시에 해선이네 방에서 모이기로 했다. 총무 미경이가 해선이네 방 1103호로 전화기를 돌린다는 게 문제의 발단이었다.

일본의 110이 우리나라 112와 같은 범죄신고이고, 119는 소방서였다. 1103호를 눌러야 하는데 110을 누르고 3번이 생각나지 않아 더듬고 있는 사이 범죄신고가 돼버렸다. 당황해서 다시 누른다는 게 이번에는 119로 눌러 소방서가 나왔다. 우여곡절 끝에 겨우 해선이 방으로 통화가 되었다고 한다. 그 후 사가지고 온 과일을 깎으려고 호텔 프런트에 연락해 칼을 빌려달라고 한 것이다. 프런트에서는 난리가 났다. 경찰서와 소방서에서 호텔로 무슨 일이냐고 연락이 온 것이다. 그런데 칼까지 빌려달라니. 가이드로부터 총무방으로 긴급히 연락이 왔다.

"무슨 일 있는 거 아니죠?"

긴장된 낮은 음성이었다고 한다. 결국 가이드가 호텔 측에 전후 사정을 다 설명하고 나서야 일이 풀렸다. 우린 함께 모여 한참 동안 배꼽을 잡고 웃었다.

마지막 실수는 후쿠오카공항으로 가기 전, 규슈 최대의 쇼핑몰이라는 캐널시티에서 있었다. 친구들이 사방으로 흩어져 길을 못 찾는 소동이 벌어진 것이다. 시간이 지나 얼굴이 벌개져서 나타난 친구들은 그게 뭐 대수냐며 또 한참을 웃었다. 우리의 실수는 거침이 없었다. 오히려 실수가 더 생기 넘치는 날들로 만들어주었다.

타케오 올레길엔 삼천 년 되었다는 녹나무가 있었다. 속은 움푹 파였지만 푸른 잎이 무성했고 크기가 놀라웠다. 오백 년쯤 묵은 나무는 많이 보았지만 삼천 년 묵은 나무는 처음인데, 신성한 나무로 보호받고 있었다. 나무는 수령이 오래 될수록 더 멋지고 위엄도 있어 보인다. 사람은 나이들수록 초라해 보이는데, 그래도 장수를 원하고 개똥밭에 굴러도 이승이 좋다고 한다.

녹나무 아래로 오래된 대나무 군락이 자리잡고 있었다. 나무의 정기를 받고 싶었을까. 우리는 대나무숲에 기대서서 영험하다는 녹나무를 하염없이 바라보고 있었다. 무슨 생각을 했을까. 우리도 오래 묵은 나무가 된 듯, 살아가며 겪어내는 모든 일을 너그럽게 받아들일 수 있을 것 같았다. 그렇다. 비록 우리가 백 년을 못 산다 해도 사랑하고 느끼고 성찰하는 삶이라면 녹나무만 못하겠는가.

산책로의 네 식구

잔디밭 양지바른 곳에 앙증맞은 봄까치꽃이 피었다. 추위를 견딘 만큼 눈부신 꽃. 매일 탄천을 산책하며 봄이 오는 자연의 미세한 변화를 몸으로 느끼고 있다.

산책길에 나서면 즐겨가는 곳이 있다. 엄마, 아빠, 아들, 딸 네 식구가 사는 집이다. 집 앞엔 작은 밭도 있다. 내가 갈 때면 네 가족이 모두 나와 반겨주는데, 남자는 중절모를 쓰고 콧수염도 길렀다. 훤칠한 키에 흰 와이셔츠를 입고 쑥색 무늬 넥타이도 맨 멋쟁이다. 부인은 남편만큼 세련되진 못했으나 붉은 원피스에 화려한 꽃무늬 머플러를 했다. 어느 날 가보면 남자는 점잖게 서 있는데 여자가 남자 곁에 꼭 붙어 매달려 있기도 하고, 어떤 날은 치맛바람 휘날리며 조신하지 못하게 남자 뒤편으로 벌렁 누워 있기도 했다.

하루는 부부싸움을 했는지 여자가 남자 앞에 흐느끼듯 엎드려 있었다. 남자는 말없이 서 있었다. 여자가 문제인 듯 보였다. 그러나 부부 간의 사정은 누구도 모른다. 그저 겉으로만 보고 입방아를 찧을 뿐.

우리 집도 아들, 딸 둘을 두었다. 가족사진을 보고 있으면 그렇게 다정다감하고 이상적인 가족이 없다. 상냥하게 서로를 보듬어주는 가족. 그러나 사진은 사진일 뿐, 실제 식구들이 모이면 별 말이 없다. 아들딸이 남편을 닮아 모두 말수가 적다. 며느리와 사위와 나만 부지런을 떤다.

결혼 후 모두 분가해 살고 있는 우리 아이들. 어릴 때 엄마 아빠가 바빠서 손잡고 많이 놀아주지 못한 게 아쉽기만 하다. 그러나 할머니, 할아버지가 계셨던 게 얼마나 다행인지. 할아버지 앞에 무릎 꿇고 앉아, 앞으로 옆으로 몸을 흔들며 제비새끼처럼 입을 벌려, 천자문과 명심보감을 읽던 모습이 지금도 생생하다. 세월이 흘러 이제 우리보다 부모 노릇 잘하는 자식을 바라보는 것도 즐겁고 대견하다.

전공분야 외엔 세상물정 관심 없는 남편과 살다보니 공원길에 항상 식구들 모두 데리고 나와 바깥 구경하는 남자가 좋아보였다. 그 집도 아이들이 자라 결혼하면 우리 집처럼 둘만 남게 되겠지. 남편이 점잖고 부인이 애교스러우니 재미있게 백년해로할 것 같았다.

그 집 아이들은 아빠를 닮았는지 교육을 잘 받았는지 볼 때마다 반듯하였다. 눈도 크고 옷도 깔끔하게 입었다. 가까이 가서 공부 잘하게 생겼다고 말을 걸어보니 다른 생각에 골몰하는지 대답이 없다. 그래도 동네 사람들이 다독여주어 항상 자리를 지키고 있었다.

집 앞의 밭도 잘 갈아놓아 붉은 흙이 기름져 보였다. 밀과 보리를 파종하였다고 한다. 날이 따뜻해지면 파란 싹들이 보기 좋겠다. 하루는 남편 옆에 얌전히 서서 수줍은 듯 고개를 숙인 여자를 찬찬히 살펴보았다. 눈꼬리가 치켜올라가 성깔은 좀 있어 보였다. 외모에 신경을 썼는지 꽃무늬 머플러 대신 레이스 주름이 풍성한 하얀 머플러로 바뀌었다. 키는 작아도 만만해보이지 않았는데 중대한 결심을 했는지 모자 앞에 붙은 하얀 천에 뭐라 써놓았다.

— 새를 혼내주자!

딸아이도 모자 앞에 몇 자 쓴 하얀 띠를 두르고 있었다.

— 새들과의 전쟁

그곳은 탄천을 따라 산책하는 사람들이 보며 즐기라고 파종해놓은 밭이고, 그들은 밭을 지키는 허수아비 가족이다. 밭 뒤쪽 팻말에도 몇 자 적어놓았다.

— 마을과 함께하는 도시농부체험장

금곡동 어린이들이 정성스레 키운 곡식은 근처 불우이웃을 위해 쓰겠다고 한다.

얼마쯤 지났을까. 허수아비 가족을 다시 찾아갔다. 이제 봄빛이 물들어 가족이 어찌 살고 있는지 궁금하기도 했다. 집 앞엔 냉이꽃과 꽃다지가 한창이었다. 마주보며 그동안의 안부를 물었다. 똘똘한 아이들은 다부지게 서서 제자리를 지키고 있었다. 좀 불안해보이던 여자도 정신을 차렸는지 똑바로 서 있었다. 그런데 바른 자세의 멋쟁이 남편이 달라졌다. 술을 먹었는지 몸을 비틀거리고 있었다, 바람이 나서 아내랑 싸웠는지 삐뚜름하게 서서 여자를 쳐다보지도 않았다. 그래도 여자가 맘먹고 바로 서 있는데, 바르던 남자가 흔들리니 좀 실망스러웠다.

다정한 모습으로 평생 살기가 어디 쉽겠는가. 사정이 있겠지. 부부가 평생을 함께 살아가려면 서로에 대한 기대를 조금씩은 버려야 할 것 같다. 버릴 때 비로소 마음이 편안해진다. 허수아비 가족을 걱정하다보니 우리 가족 지금껏 별 탈 없이 살아온 게 감사하기만 했다.

그런데 허수아비 여자를 찬찬히 살펴보니 미쳤나, 너무하다. 시위를 하는 건지 여자의 머리에 쓴 모자는 남편의 짧은 반바지를 뒤집어쓰고 묶은 것이었다. 갈 데까지 가겠다는 건가. 아무리 허수아비라도 그러면 안 되지. 다음에 그곳에 갈 때는 내가 가진 모자 중에 하나를 골라서 씌어주고 싶다. 기왕이면 예쁜 것으로 가져가 여자를 기쁘게 해줘야겠다. 힘내라고.

제2장

화살촉

이 꽃에서 저 꽃으로 날아다니며 가볍고 부드럽게 춤추듯 인생을 살고 싶다.
아름다운 날개옷 입은 자유로운 영혼이 되고 싶은 것이다.
—「한 마리 나비 되어」 중에서

■

화살촉

어머니, 이제 편안한가요

한 마리 나비 되어

인생 '폼생폼사'라지만

채옥이가 있는 풍경

하모니카 소리를 따라가면

통영, 예술가의 초상

그리스, 젊은날의 꿈

은호산의 사랑 이야기

사막에서

화살촉

소파에 앉아 TV를 켜면 종편방송에 매일 나오는 똑같은 얼굴들을 볼 수 있다. 이 방송 저 방송에서 비슷한 내용을 가지고 토론을 벌이는 패널들. 얼굴을 내세워 입으로 먹고사는 사람들이다. 저 사람들은 편 당 얼마를 받고 나오는 것일까. 여기에 생각이 미치자 도시라는 정글에서 먹이를 찾아 헤매는 수많은 하이에나들이 떠오른다.

현대의 생활이 원시시대에 생존을 위해 목숨 걸고 사냥하던 때와 무엇이 다를까. 현대인들은 고도로 분화된 사회 속에서 자신의 먹이를 찾기 위해 오랜 훈련을 거친다. 그리고 사냥감에 따라 혼자서 또는 집단으로 자신의 무기를 가지고 먹잇감을 향해 달려든다. 호랑이나 사자 같은 무시무시한 놈들을 사냥하는 인간도 있지만 다람쥐나 토끼같이 보잘것없는 먹이를 잡으며 살아가는 인간도 있다.

옛날엔 간단한 도구나 화살촉을 이용해 힘과 꾀로 사냥을 했다. 그러나 이제 먹이를 구하는 일이 그리 간단하지 않게 되었다. 화살촉이 제일 무서운 사냥도구였던 때도 있었다. 그러나 지금은 화살촉보다 무서운 게 펜촉이다. 예전엔 자연질서에 순응하는 사냥이었다면 지금은 끝없는 탐욕의 위험한 사냥을 하고 있다.

원시시대에는 생물학적으로 단연 힘이 좋은 남자들이 주로 사냥에 참여했고, 힘세고 잘 싸우는 용맹한 남자들이 우두머리가 되었다. 그러나 현대사회로 오며 인간을 지배하는 힘은 주먹이 아닌 머리가 되었다. 힘은 두뇌와 손가락에서 나오지 근력으로 나오지 않게 된 것이다. 그러다보니 남자 못지않게 여자도 파워가 생기며 우두머리가 될 수 있는 시대가 되었다. 남자들보다 감성지수가 높은 여자들에게 유리한 시대로 가고 있다고 한다.

그러나 옛날이나 지금이나 인간의 본능적 모습은 거기서 거기다. 인간은 생존을 위해 먹이를 찾는다는 것. 그리고 자신의 유전자를 퍼뜨리기 위해 마음에 드는 배우자를 찾으려 한다는 것이다.

나의 남편은 먹고살기 위해 열심히 자기 고유의 화살촉을 연마했다. 어렸을 때부터 앞 논에 비가 와 볏단이 떠내려가도 모르고 책상 앞에 앉아 있었다고 했으니, 자기의 화살촉 연구는 천직이라고 했다. 자신의 유전자를 남기기 위해 나에게 구애할 때에도 특별했다. 자기 화살촉은 지금까지 나온 어느 화살촉보다 더 나은 품질일 것이라며 나를 꼬드겼다. 어느 눈 오는 날 대학 캠퍼스에서 데이트를 하다가 눈길에 넘어졌는데 그는 나를 일으켜주는 척하며 같이 넘어졌다. 우린 눈 내리는 언덕에 누워 낭만을 만끽했다. 그의 손과 입술엔 화살촉 냄새가 났다. 난 그 냄새에 넘어갔고, 우린 부부가 되어 유전자를 후대에 계승시킬 수 있었다.

남편은 자신의 연구가 인류문화발전에 기여한다고 생각하며 평생 화살촉 연구에 매진해왔다. 결국 자기의 고유한 화살촉은 남에게도 인정받게 되었다. 그리고 제자들도 길러내었다. 화살촉 연구방법을 전수하며 그 대가로 다달이 꿩 열 마리 정도는 얻어왔다. 아내인 나도 남편이 연구하는 화살촉으로 꿩 일곱 마리 정도는 쉽게 잡아올 수 있었다. 우리 기술을 인정해주는 사회가 고맙기만 했다.

어느 친구의 남편은 여러 사람을 거느리고 세계 각지를 돌아다니며 각종 사냥감들을 무더기로 잡아온다고 했다. 또 다른 친구 남편은 사냥 실력이 뛰어나 어느 때는 집채만 한 멧돼지도 잡아오고 늑대도 잡아왔다. 그가 기르는 사냥개는 사납기 그지없었다. 가끔 곁들여 잡아온 여우나 토끼 같은 것은 아내에게 던져주며 인심을 썼다. 친구는 그 고기로 이웃들과 회식도 하고 털옷을 해 입고 멋을 내었다. 나는 그게 부럽기는 했지만 내 몫은 아니라고 생각했다. 가끔 예쁜 꿩털을 머리에 꽂는 정도에 만족했다. 그저 우리 수입인 꿩 열댓 마리 중 아홉 마리 정도는 먹고 나머지는 꼭꼭 갈무리해서 힘없어서 일 못할 때를 대비했다.

신문이나 TV를 보면 나쁜 사람들이 참 많은 것 같다. 어느 욕심쟁이는 집단으로 잡은 코끼리나 물소 떼를 혼자 꿀꺽 먹으려다 잡혔다고 했다. 어느 권력 추종자는 자기를 우두머리로 뽑아달라고 몰래 집집마다 토끼 한 마리씩 돌리다가 사회구성원들에게 매장당하기도 하고 울타리에 갇혀 벌을 받기도 했다. 먹을 것은 풍부해졌는데 사는 게 더 각박해진 것 같다.

우리 부부는 이제 일을 안 한다. 오랫동안 화살촉 연구에 매진해 국가발전에 기여했다고 나라에서는 일도 안 하는 우리에게 먹고살기에 충분한 꿩을 죽을 때까지 주겠다고 했다. 나는 이게 얼마나 고마운지 우리나라가 좀 더 좋은 나라가 되기를 기도하고 있다.

이제 우리 부부는 늙었다. 남들은 지금도 청춘이라고 하지만 옛날 같았으면 벌써 죽었을 나이다. 우리 집 남자는 시시각각 변해가는 기술정보화시대에 잘 적응하지는 못하지만 지금도 평생 연구하던 화살촉을 만지작거리고 있다. 다른 어떤 것에도 눈길 한번 돌리지 않는다. 어쩌랴 외골수인 남편을. 그래도 사는 동안 다른 여자 한번 넘보지 않고, 받아오는 꿩 열 마리도 축내지 않고 다 마누라한테 갖다주었는데. 오늘도 나는 그놈의 정 땜에 꿩 육수를 만들고 있다.

지금도 종편방송에서는 수많은 하이에나들이 화살촉을 날리며 상대를 공격하고 있다. TV를 껐다. 점심으로 남편이 좋아하는 칼국수를 해주기 위해서다.

어머니, 이제 편안한가요

부엌문을 열면 손바닥만 한 마당이 푸른 숲 같았다. 봄이면 라일락 향기 가득하고, 과꽃 분꽃 채송화 그 외에 수많은 꽃들이 철을 따라 피고 지었다. 처마에 매놓은 줄을 따라 여주 덩굴이 뻗어나가고, 꽃이 지고 나면 노란 열매가 탐스럽게 열렸다. 난 그 아래 평상에 앉아 책을 읽곤 했다. 방안에 틀어놓은 라디오에서 오페라 아리아라든가 명곡이 흘러나오면 더 없이 행복했다.

어머니는 꽃을 무척 좋아하셨다. 가을이면 화분에서 피어난 노란 국화가 현관에 가득했다. 전쟁 후 그 어렵던 시절에 어찌 그리 열심히 화초를 키우셨을까. 지금 생각해보면, 아마도 이북에 두고온 고향에 대한 그리움이 아니었을까. 어머니도 청춘이 있었을 것이다. 난 그 당시 어머니의 젊음에 대해선 한번도 생각해보지 못했다. 어머니는 그저 어머니일 뿐이었다.

잠자리에 들면 어머니는 어린 나를 꼭 안고 주무셨다. 내 몸을 어머니의 잠옷 바지 속에 넣으면 따뜻한 체온이 무척 좋았다. 어린 시절 갖고 싶던 목이 긴 고무장화, 색색가지 크레파스는 없었어도 엄마 품만 있으면 모든 것을 다 가진 듯 만족스러웠다. 장사를 하러 나가실 때면 막내인 나를 안쓰러워해서, 가끔 교회 앞에 있던 둥근 소나무 정원에서 목마놀이를 해주셨다.

"이랴 이랴."

등에 업혀 소리를 치면, 그 소리에 맞추어 정원을 겅중겅중 뛰어다니셨다. 그리고는 내 손에 십 환짜리 한 장을 쥐어주셨다. 그 돈으로 동네 구멍가게에 가서 눈깔사탕이나 박하사탕을 사먹곤 했다. 사탕을 볼이 미어지게 물고 있으면, 그 달콤한 맛에 엄마 보고 싶은 마음을 잊을 수 있었다.

동네에서 조금 걸어가면 금화산이 있었다. 가끔 혼자서 산에 타박타박 올라가 계곡물에 빨래하는 사람들과 양잿물에 빨래를 삶아 커다란 너럭바위에 널어놓고 말리는 것을 구경하곤 했다. 빨간 꽈리를 안 터뜨리고 만들 수도 있었고, 분꽃 꽃술을 잘라내고 나팔을 불기도 했다. 그래도 엄마는 오지 않았고, 땅거미가 지고 나서야 내가 좋아하는 군것질거리를 사들고 오셨다.

초등학교에 입학하게 되었을 때, 나는 어머니가 만들어준 치마저고리를 입고, 손수건을 가슴에 달고 입학식에 참석하였다. 뺨에 예쁜 보조개를 갖고 있던 담임 선생님은 아이들을 한 명씩 부르며 새 교과서를 나누어주셨다. 그러나 끝까지 내 이름은 불리지 않았고, 나는 영문도 모른 채 큰소리로 울기 시작했다. 마침내 선생님은 울고 있는 내게 다가와 머리를 쓰다듬고 새 교과서를 주며 말씀하셨다.

"더 좋은 것으로 주려고 늦은 거야."

그제야 나는 울음을 그쳤다. 어머니는 새 교과서를 사줄 돈이 없었다. 우린 아버지도 없는 가난한 피난민이었다. 아버지는 삼촌과 잠시 고향을 다녀온다 하곤 다시 내려오지 못하셨다. 그 어려운 사정을 알고 한 학부형이 내 교과서를 사주었다는 소리를 오랜 후에야 들었다. 그때 다른 학부형들과 운동장 뒤에 서 계시던 어머니의 마음은 어떠셨을지 가슴 아프게 헤아려본다.

어머니는 고향 교회에 부흥강사로 오신 적이 있던 목사님의 도움으로 서울에 생활의 터를 잡으셨다. 나는 어린이 예배에 한번도 빠지지 않고 참석했다. 성탄절 예배 후엔 문 앞에서 설레며 과자봉지를 받았고, 어머니는 그런 나를 보며 환하게 웃어주시던 기억이 난다. 내가 뛰어놀던 교회 마당 소나무에 달리던 성탄 장식은 반짝거리며 보석처럼 빛났다.

젊은 나이에 혼자된 어머니는 맨 위로 오빠 하나와 그 밑에 네 자매를 데리고 맨몸으로 피난을 오셨다. 내가 어머니가 되어 그 세월을 살게 된다면 살아낼 수 있을까. 선택의 여지없이 삶은 그저 살아져야 하는 것이지만, 그 가혹한 세월을 불평이나 원망의 소리 한마디 하는 것을 들어보지 못했다. 나는 어머니의 나이를 몰랐다. 가끔 물어보면 가르쳐주지 않았고 그냥 많다고만 대답하셨다. 어머니에게는 나이 같은 건 없었다. 그냥 어머니일 뿐이었다. 헤아려보면 피난 나오실 때 어머니는 사십이 채 안 된 나이였다.

어머니는 오빠를 많이 의지했다. 그러나 이상주의자이고 로맨티스트였던 오빠는 어머니에게 큰 위로가 되어주지 못했다. 오빠가 고향에서는 똑똑했다지만, 고학생이었고 피난민이었다. 서울생활은 무엇하나 뜻대로 되는 일이 없었을 것이다. 어느 날 실연의 상처로 어머니 앞에서 울고 있던 오빠를 자는 척하며 몰래 훔쳐보았다.

나는 피난생활이 얼마나 힘든 것인지 구체적으로 알진 못했지만 우리 집이 아주 가난하다는 것은 알았다. 어머니는 한 끼의 쌀과 한 장의 연탄을 사기 위해 막막한 날들을 견디셨다. 우리 자매는 미국 선교회에서 가끔 나오는 학자금을 받아 등록금을 내기도 했다. 다행히 우린 별 말썽 없이 학교를 다녔고, 나는 우리 어머니가 '장한 어머니상'을 받지 못하는 것이 참 억울했다. 나의 어머니는 세상에서 가장 훌륭한 어머니였다.

고향에서는 오빠의 시 짓기 숙제를 즉흥적으로 불러주어 상까지 받게 했다고 하는데, 어머니는 어디서 그 많은 책을 빌려 읽는지는 알 수 없었으나, 틈만 나면 책을 읽으셨다. 가끔 읽던 소설을 언니와 이야기하는 것을 들을 수 있었다. 어머니가 읽던 한자가 많이 섞인 성경은 닳고 닳아 겉장이 너덜너덜했다.

우리의 앞날을 항상 인도해주던 오빠가 미국 유학을 떠나고, 내가 대학의 입학원서를 쓸 때 어머니는 학교를 처음으로 찾아오셨다. 그저 불쌍한 어린것에 불과했던 막내가, 학교에서 의젓하게 행동하는 것을 보고는 집에 오셔서 무척 대견해하던 생각이 난다. 나는 오빠가 짝사랑하던 여자가 다녔다는, 그래서 강력하게 오빠가 보내기를 원했던 E대를 지원해 무난히 합격하였다. 오빠는 유학생활 중 아르바이트로 번 돈을 나의 입학금으로 보내주었다. 어머니는 그 무렵을 가장 행복했던 시절로 기억하셨다.

어떤 역경에도 의연하던 어머니가 쓰러지셨을 때, 언니들과 나는 부둥켜안고 울었다. 그저 지상에 어머니의 생명이 우리와 함께 살아 숨쉴 수만 있다면 행복할 것 같았다. 어머니는 온갖 신산한 세월을 내려놓은 듯 조용히 침대에 누워계셨다. 내가 결혼한 지 몇 달 되지 않았을 때였다. 그동안 삶이 얼마나 힘들었으면 우리를 다 키워놓고 예고도 없이 쓰러지셨을까. 우리 자매들의 간절한 기도가 통했는지 어머니는 다시 일어나셨고 막내인 내가 두 아이를 낳아 기르는 것을 보고 주무시듯 돌아가셨다. 관에는 어머니가 읽던 낡은 성경책을 넣어드리고 좋아하던 꽃으로 덮어드렸다. 그리고 평생 섬기던 교회에서 고별예배를 본 후 기독교 공원묘지에 묻히셨다. 돌아가신 지 일주일 후 어머니는 내 꿈속에 나타나 말씀하셨다.

"이젠 편안하다."

막내의 슬픔을 위로하려고 나타나신 것일까. 밝은 색 저고리를 입은 꿈속의 어머니 모습은 지금까지도 선명하다. 어머니가 내 아이를 안고 환히 웃고 계시는 사진을 본다. 험난한 시대를 온몸으로 부딪치며 다섯 남매를 키우신 어머니. 어머니의 기도는 이제 자식을 향한 나의 기도가 되었다.

"태산을 넘어 험곡에 가도 빛 가운데로 걸어가면…."

어머니가 잘 부르시던 찬송가는 늘 내 귓전을 맴돈다.

한 마리 나비 되어

지난 겨울 이사 온 아파트는 산기슭에 있었다. 거실과 방의 창문으로 산자락 풍경이 찾아와 기웃거렸다. 눈부신 설경에 마음 설레었는데 봄이 되자 숲은 온통 꽃빛으로 물들었다. 이젠 내가 산을 찾아나섰다. 고목이 되어 늘어진 왕벚나무 가지엔 버찌가 익어가고, 오가는 아줌마들은 버찌를 따먹으며 꽃보다 환한 웃음을 터뜨렸다.

숲 속 오솔길은 어느새 벚꽃이 지고 녹음이 우거졌다. 끊길 듯 이어진 산길 중 잣나무 향이 그윽한 숲길은 내가 제일 좋아하는 길이 되었다. 숲 속을 걷다보면 먼저 새소리가 달려온다. 맑은 산새소리에 숲은 생기가 돌고 마음까지 환해진다. 오월 아카시아 향기를 싣고 날아오는 뻐꾸기 소리는 그 여운이 오래 남는다. 지금쯤 숲 속 어딘가에는 탁란托卵이 일어나고 있을 것이다. 보랏빛 뻐꾹채도 피어나겠지. 참새 떼가 이리저리 낮게 몰려다니고, 산까치는 저희들끼리 신나게 소리 지르며 숲을 깨운다. 며칠 만에 만나는 오솔길엔 산

딸기가 익어가고 그 옆으로 미나리아재비꽃이 피어나기 시작했다.

숲길로 들어서는 울타리 주변엔 꽃나무가 많다. 유치원에서 가꾼 꽃밭이며 공원과 아파트에서 심어놓은 꽃나무들이다. 꽃이 피니 벌과 나비가 찾아든다. 나비는 어여쁜 옷을 입고 꽃 사이를 노니는 듯 춤을 추는데, 벌은 꽃가루 받기에 여념이 없다. 곤충 중에 벌과 나비는 사람과 친숙한 생명들이다. 벌은 전투복을 입고 나온 군인처럼 목적의식에 투철하다. 적이라 생각되면 몸을 사리지 않고 공격적이 되기도 한다. 그러나 나비는 누구를 찌르거나 공격하지 않는다. 이 꽃 저 꽃을 찾아, 춤추며 생을 찬양할 뿐이다.

숲 속 생명 중 내가 제일 무서워하는 것은 우습게도 부드럽고 연약한 벌레다. 날개도 없고 다리도 없어 꾸물꾸물 기어다니는 벌레. 그게 나뭇잎에서 실수로 내 머리 위에 떨어지기라도 하면 난 기겁한다. 사실 부지런한 벌이나 아리따운 나비도 한때는 내가 징그럽다고 피하는 꿈틀거리는 벌레였다. 매미도 땅 속에서 오랜 세월 굼벵이로 살아왔기에 시원한 나무 그늘에서 사랑의 노래를 부를 수 있는 것이다. 자신이 바라는 최고의 생을 살기 위해서는 바닥을 기는 인고의 날을 견디어내야 하는지도 모른다.

꾸물거리는 연약한 벌레가 왜 그리 무섭냐고 말하는 사람도 있지만, 그게 논리로 따져서 이해되는 문제가 아니다. 벌레는 억울하겠지만 난 소름이 끼친다. 모든 생명은 나름대로의 존재 이유와 의미가 있을 터인데 세상을 바라보는 눈은 자신의 편견에 의해 재단된다. 어느 철학자는 판단의 지옥에서 나오라고 하지만 그게 어디 쉬

운가. 인간관계도 이와 같을 것이다. 관계가 이성적으로 맺어지는 것 같아 보여도 감성적으로 형성된다. 유유상종이다.

각다귀같이 귀찮은 사람도 있고, 잠자리처럼 유순한 사람, 참새처럼 수다스러운 사람도 있다. 가끔 어두운 곳에서 상대를 찌르는 모기 비슷한 사람도 있다. 그러나 나로서는 꿈틀거리며 내 몸을 기어오르는 벌레 같은 사람만 아니면 어울려 지낼 만하다. 개성이 다를 뿐 근원적으로 나쁜 사람은 없을 것이다.

하얀 나비가 풀숲 위를 날고 있다. 그리 바쁠 것도 없다는 듯 한가하게 이 꽃에서 저 꽃으로 날아다닌다. 호랑나비도 보인다. 나비의 우아한 몸짓은 매혹적이다. 여유 있는 날갯짓에 마음까지 평화로워진다. 세련된 문양과 화사한 빛깔로 맵시를 낼 줄 아는 나비. 훨훨 날아가는 자태를 바라보고 있으면 어느덧 어릴 적 꿈꾸던 무지갯빛 상상의 세계로 날아오른다.

나비처럼 인간에게 사랑받는 곤충이 또 있을까. 그 아름다움에 끌린 사람들은 많은 상징들을 만들어냈다. 나치 강제수용소의 유태인들은 나무로 된 벽에 나비를 새겨넣었고, 호스피스 병동에도 나비 그림이 걸려 있다고 한다. 나비는 희망과 해방의 상징이며 사후생활의 상징으로 생각해왔다.

애벌레의 시기를 거친 후 번데기가 우화하여 아름답고 자유로운 나비가 되듯, 인간의 죽음도 그와 같은 것이 아닐까 생각하는 것이다. 육체라는 애벌레의 시기와 죽음의 우화 과정을 거쳐 시공에 얽매이지 않는 자유로운 영혼으로 날아가는.

정작 사람들이 나비에 끌리는 것은 어떤 상징성보다는 그 고유한 아름다움 때문일 것이다. 나비에 매혹된 사람들은 세계 곳곳을 찾아다니며 사진을 찍고, 박물관을 만들고, 정원에 꽃나무를 심어 나비를 불러모으기도 한다. 전남 함평군의 나비축제는 이미 많은 사람들에게 사랑받는 축제가 되었다.

나는 한때 벌처럼 살아온 듯하다. 꿀을 모으기 위해 성실히 일했고 부지런했다. 목표를 향해 앞만 바라보았다. 귀찮게하는 사람이 있으면 벌처럼 쏘지는 않았을까. 하지만 이제 벌이 아니라 나비가 되고자 한다. 앞만 보고 달리던 직선의 삶이 아니라 풍요로운 곡선의 삶을 누리고 싶은 것이다. 한껏 여유 있게 이 꽃에서 저 꽃으로 날아다니며 가볍고 부드럽게 춤추듯 인생을 살고 싶다. 춤을 춘다는 것은 온몸으로 환희를 표현하는 것. 목표지향적 삶이 아니라, 하루하루 즐겁고 느낌에 충실한 삶이 되고 싶은 것이다. 아름다운 날개옷을 입은 자유로운 영혼이 되고 싶은 것이다.

비 온 뒤 산내음은 더 싱그럽고 나뭇잎은 빛을 받아 더 찬란하다. 아파트 울타리를 지나 숲길로 들어서면 꽃을 찾는 나비가 된 듯 몸은 자꾸 가벼워진다. 아름다운 나비가 한때는 내가 싫어하는 꿈틀거리는 벌레였다니. 이제 벌레에게도 마음 한 자락 내 주어야 할 텐데. 여름으로 가는 길목은 나비가 짝을 찾아 사랑하는 계절. 나도 어느새 연노랑 나비 되어 꽃길로 들어선다.

아파트로 이사 온 게 그만 숲 속으로 이사 온 것이었다.

인생 '폼생폼사'라지만

취미활동으로 탁구는 오랜 기간 즐겨왔다. 폼은 제대로 갖추지 못한 편이지만 구력이 있기에 게임에서는 자신 있는 편이었다. 새벽 안개를 헤치며 고속도로를 달렸다. 충북 단양에서 아마추어 전국대회를 치르게 되었기 때문이다. 1위는 일본도 보내준다고 했다. 복식으로 치르는 1박 2일 일정의 첫날은 순탄해서 조별리그 1위로 여유 있게 본선에 올랐다. 본선은 토너먼트라고 했다. 다음날 아침 일찍 체육관에 도착, '일본행 파이팅'을 외치며 체육관 안으로 들어갔다. 벌써 많은 탁구대엔 선수들이 꽉 들어차 연습이 한창이었다.

우리의 첫 상대는 경기도 일산팀이었다. 코치까지 대동하고 온 그들은 강적이었다. 몇 번 하지도 않아서, 까다롭다는 내 비장의 서비스를 모조리 파악해, 드라이브, 커트, 스매싱 등 온갖 기술로 요리하며 받아쳤다. 첫 세트는 다 이겨놓고 역전패, 둘째 세트 패배, 2 대 0 완패였다. 함께 갔던 동료팀도 탈락. 꿩 대신 닭이라고 경치 좋은 단양의 단풍 구경만 재미있게 하다가 돌아왔다.

며칠 후 알게 되었지만 우리에게 이긴 그 일산팀이 우승하여 일본을 가게 되었다고 했다. 본선 처음부터 너무 강적을 만났던 것이다. 패인을 분석했다. 일산팀은 기본기부터 제대로 되어 있었다. 우리팀은 기술은 좋은데 기본기가 부족하고 폼이 좋지 않았다. 운동은 폼이 중요하다. 나는 어렸을 때 똑딱거리는 탁구로 시작했기 때문에 잘못된 폼들을 교정하기가 상당히 힘들었다. 더구나 스텝은 코치들도 포기했다. 스포츠에선 '폼이 반이다'란 말이 있다. 선수들은 끊임없이 폼 연습을 반복한다. 언젠가 프로들의 전국대회를 구경한 적이 있다. 각자 자기 차례가 오기 전에 스탠드 뒤에서 계속 스윙 연습을 하고 있었다.

폼은 운동뿐만 아니라 삶의 모습에서도 중요하다. 자동차를 고를 때였다. 내 기준은 실용성에 있었다. 운전에 불편함이 없고 안전하게 달릴 수 있다면 족한 것이었다. 그러나 한 친구가 계속 말렸다.

"야, 네 나이가 몇인데 아직도 소형차냐. 큰 차 좀 뽑아서 폼 좀 잡고 살아라."

언제부터인가 우리 사회는 겉치레로 사람을 평가하는 세상이 돼버렸다. 크고 비싼 자동차로 바꾸고 싶어하는 남자들의 심리도, 운전의 안전성보다는 멋진 고급차로 폼 잡고 싶은 욕망이 더 크다. 그래야 어디를 가든 사람대접을 제대로 받는다는 것이다.

물론 모든 것을 실용성만으로 따져서야 되겠는가. 가구 하나 고를 때도 실용성에 아름다움까지 갖추어야 그 집 주인의 취향에서 품격까지 느낄 수 있지 않는가. 사람을 만날 때도 장소에 따라 그에 맞는 옷차림을 갖추어야 폼도 나고 예의에 어긋나지 않는다.

사람마다 개성이 다르듯, 폼을 잡는 것도 여러 형태이다. 운동선수들의 폼이 각자 다르듯이 네 폼과 내 폼이 다르다. 산을 좋아하는 멋쟁이 동창이 있다. 화려한 옷에 보석을 좋아하는 친구인데 함께 산을 오르다가 천연덕스럽게 말했다. 산이란 산은 대개 다 가보았는데 '빨치산'은 못 가보았다는 것이다. 농담으로 하는 소리가 아니었다. 정말 그 친구는 빨치산을 산 이름으로 알고 있었다. 함께 한참 웃기는 했지만 마음 한편이 허전했다. 멋진 친구지만 진정한 폼은 보이는 외모와 내면의 교양이 함께할 때 공감이 간다.

패션쇼에서 몸매 늘씬한 모델이 화려한 옷을 걸치고 조명을 받으며 자신 있게 걸어나오는 폼은 정말 멋있다. 그러나 옷은 수수해도, 기품이 느껴지는 사람을 만나면 이 또한 뒤지지 않는다. 오히려 나는 그런 내실 있는 사람에게 더 끌리는 편이다.

내용보다 포장을 잘해야 하는 사회 속에 살며 자신의 겉과 속을 균형 잡아가는 일은 쉽지 않다. 명품을 사고, 고급스런 치장을 하고 싶어하는 여자들은 어떤가. 자신을 과대포장하여 상품가치를 높이고, 밖으로 드러내어 과시하고 싶은 것이다. 우리나라에 성형수술 붐이 일어나는 것도 결국 좀 더 멋져보여, 폼 한번 잡아보려는 것 아닌가. 물론 어쩔 수 없는 경우도 있겠지만 말이다.

하지만 나는 드러내는 폼에 별로 신경을 쓰지 않고 사는 사람이다. 실용성을 중시하다보니, 옷도 구두도 멋보다는 편한 것을 좋아한다. 물론 나라고 멋있는 폼으로 사람들에게 나서고 싶지 않겠는가. 그러나 '조금의 불편을 감수하고라도 외모에 신경을 쓸까, 그저 남이 봐줄 정도면 편한 차림을 할까' 하는 선택에 이르렀을 때는, 후자를 택한다.

포장에 익숙하지 않은 대신 내용을 명품으로 가꾸며 살고 싶다. 외모를 잘 가꾸어 멋있는 폼을 연출한다는 것은 하나의 능력이다. 그러나 자신이 추구하는 삶의 모습이 내면의 향기로 자연스레 비칠 수 있다면 더 좋겠다.

사는 것이 다 폼이다. 폼생폼사다. 그래도 겉멋에 치중하다 품위마저 죽이는 폼은 내고 싶지 않다. 오히려 내면을 품격있게 가꾸어 '품생품사品生品死'하고 싶다. form과 品은 각자의 개성이고 자기 삶의 모습이 아닐까.

채옥이가 있는 풍경

어렸을 때를 생각하면 항상 그 갈피에 끼어 있는 풍경이 하나 있다. 나무에 기댄 채 노을을 바라보고 서 있는 채옥이 모습이다.

우리 동네는 작은 언덕에 있었는데 윗동네로 올라가면 바로 공중변소가 있었고, 그 옆에 커다란 포플러 나무가 있었다. 그 애는 해질 녘이면 집에서 나오는 것 같았다. 뇌성마비로 몸이 부자연스러웠는데, 내 또래이거나 조금 위였으리라 짐작된다. 우리가 줄넘기라도 하고 있을 때면 채옥이는 마치 다른 세상에 살고 있는 사람처럼 우리를 쳐다보지도 않고, 혼자 포플러 나무에 기대어 서 있다가 사라지곤 했다.

함께 놀지도 않은 채옥이를 지금까지 기억하고 있는 것은 일기장 때문이다. 나에게 처음 일기장이 생긴 것은 중학교 2학년이 다 끝나가던 무렵, 크리스마스 이브 교회 중등부 모임에서 선물교환 시간에 받은 것이었다.

살다보면 우연히 일어난 일이 그 사람의 생애에 영향을 미치기도 한다. 난 그 일기장을 받고 새해가 되면서 일기를 쓰기 시작했다. 표지에 밀레의 〈만종〉이 인쇄되어 있는 1964년도 일기장. 그 빛바랜 일기장이 지금도 내 서랍 안에 있다. 그 시절 나는 특별한 일이 아니어도 편지를 써서 빨간 우체통에 넣고 며칠이고 친구의 답장을 기다리던 사춘기 소녀였다. 무엇이라도 가득 써놓았던 일기장. 가끔, 아주 가끔이지만 일기장 어느 구석엔가 채옥이가 들어 있었다. 아득한 한 컷의 실루엣처럼.

모두 가난했던 시절, 나는 막내였기에 겪어야 할 고충도 많았다. 중학교에 입학했어도 새 교복을 입어보지 못했다. 언니가 입던 교복을 뒤집어 다시 바느질해 입고 다녔다. 소위 일본말로 '우라까이'였다. 그런데도 불평 없이 그러려니 했다. 아마도 상황을 긍정적으로 받아들이던 성격 때문인 듯하다. 비가 오던 어느 날 큰언니의 꽃무늬 우산이 탐나 몰래 쓰고 달아나다 들켰다. 나는 급하게 언덕 위의 공중변소 쪽으로 도망갔다. 가끔 채옥이가 나와서 망연히 서쪽 하늘을 바라보던 그곳. 노을이 지는 저녁 때도 아닌데 그 애가 오래전부터 기다리기라도 한 듯 있었다.

"야, 너 거기서!"

쫓아오던 언니의 다급한 목소리와 빙긋 웃으며 나를 바라보던 채옥이의 모습이 지금도 가물가물 생각난다.

어렸을 때는 겨울이 왜 그리 추웠는지. 아침이면 머리맡에 자리끼로 놓아두었던 물이 종종 얼어붙었다. 엄마는 우리가 잠자리에

들 때면 미리 연탄불 위에 얹어두었던 뜨거워진 벽돌을 수건에 둘둘 말아서 우리 발밑에 놓아주셨다. 우리는 차가운 이불 속으로 들어가 따뜻한 벽돌에 발을 녹였고, 몸이 따뜻해질 때쯤 잠이 들었다. 가끔 잠이 들려할 때 밖에서 닭들의 비명소리가 들리기도 했다.

그 닭들은 봄에 친구들과 병아리 때부터 기르던 것이었다. 동네 건너편에는 배추밭이 있었는데, 밭주인은 배추를 뽑아 다듬으면서 겉장들은 길 곁에 버리고 갔다. 우리는 그것을 주워오거나 아카시아 잎을 따와 사료에 버무려주며 병아리를 길렀다. 고놈들이 자라 어리에서 나오고 닭장으로 들어가 알을 낳을 즈음이면 계절이 바뀌며 날이 추워졌다. 동네에선 밤만 되면 닭이 한 마리씩 없어진다는 소문이 들렸다. 언니들 중 누구 하나가 외쳤다.

"닭 도둑인가봐. 빨리 나가봐!"

그러나 서로 미루기만 하고 아무도 나가지 않았다.

"에이, 다 잡아가라. 다 잡아가."

다음날 아침 나가보면 딱 한 마리가 없어졌다. 누군가가 한 마리씩 잡아간 것이다. 다음날 학교에 다녀와서 친구들과 모이면 지난밤에 닭이 없어졌다고 시끌시끌했다. 그때도 멀리 떨어진 곳에 채옥이는 검정 실루엣처럼 혼자서 말없이 서 있었다.

우린 온 동네를 무대로 삼고 놀았다. 도둑놈 잡기놀이를 할 때 나는 술래에게 잡힐까봐 꽃밭 속에 들어가 숨기를 잘했다. 아늑하고 부드러운 향기를 맡으며 시간이 얼마나 지났는지도 모르고 담벼락에 기대어 앉아 있곤 했다. 기어다니는 개미를 눈으로 좇다가 개미

집을 발견하기도 하고, 바로 내 눈앞에서 꽃에 내려앉는 나비를 관찰하기도 하였다.

하루는 놀이를 하다가 숨어든 꽃밭의 향기에 취해 거기에 정신을 빼앗기고 있었다.

"거기서 뭐해?"

약간 더듬는 말소리가 들리더니, 웬 커다란 얼굴이 갑자기 꽃밭 속으로 비집고 들어왔다. 화들짝 놀라 정신을 차리니 채옥이였다.

"아이, 깜짝이야!"

나는 놀란 가슴을 쓰다듬으며 꽃밭에서 뛰어나왔다. 몸을 비틀며 못 참겠다는 듯이 채옥이가 웃고 있었다. 나도 멋쩍게 웃는 것 외에 아무 말도 할 수 없었다. 나는 얼른 아이들을 찾아나섰다. 그 시절 누구도 상대해주지 않던 채옥이의 외로움을 그때는 알 수 없었다. 포플러 나무에 기대어 혼자 노을 진 하늘을 바라보곤 하던 채옥이를 지금에서야 가끔 다시 만나 말을 붙여본다. 어느덧 나도 어린 소녀가 되어서 말이다.

"채옥아, 들어와봐. 꽃향기가 너무 좋아."

채옥이는 꽃밭 속으로 들어와 내 옆에 앉는다. 그 애의 천진한 모습이 나를 보며 환하게 웃는다.

내 소녀 시절, 어느 기억의 갈피에 끼어든 채옥이의 모습은 인간의 외로움에 대한 상징처럼 세월 따라 조금씩 더 선명해지곤 한다. 모든 세부 묘사가 지워진 내 안에 있는 한 장의 슬픈 실루엣처럼.

하모니카 소리를 따라가면

하모니카 소리는 아련한 향수를 불러온다. 한국전쟁 후 어린 시절을 보낸 사람들은 다 그 시절의 잊지 못할 추억이 있을 것이다.

헌수 오빠는 6·25 때 북에서 피난을 내려온 우리 오빠의 친구였다. 가족도 친척도 없었던 것으로 기억되는데, 우리 집에 자주 놀러오곤 했다. 나는 그 오빠가 오면 좋았다. 우리에게 무엇인가 선물을 가지고 오기 때문이다. 피난을 내려와 미군부대에 잠시 취직해 있었기에 그 오빠가 오면 미제 초콜릿이나 깡통도 가져왔고, 부대에서 보던 미국 잡지들을 두고 가기도 했다. 그 잡지를 펴보면 영어로 쓰인 꼬부랑글씨는 알아볼 수 없었지만 색색가지 사진과 그림들이 많아서 재미있었다. 먹어보지도 못한 요리들이 접시에 가득 담겨 있었고, 소공자 소공녀같이 예쁜 옷을 입은 멋쟁이들이 웃고 있었다. 나는 그 잡지들을 보며 우리에게 없는 풍요롭고 아름다운 나라에 대한 동경을 키워갔다. 종이로 인형을 만들어 그 잡지의 예쁜 옷들을 그려 입히며 상상의 나래를 마음껏 펼쳐보기도 했다.

어느 날 우리 집에 온 헌수 오빠는 하모니카를 선물했다. 옥수수처럼 작은 구멍들이 나란한 곳에 입을 대고 불면 아름다운 소리가 흘러나왔다. 그 후 하모니카는 나의 재미있는 놀이기구가 되었다. 들숨과 날숨으로 하모니카를 불어, 내가 좋아하는 노래쯤은 할 수 있게 되었다. 악보는 필요 없었다.

우리 동네엔 내가 좋아하는 오빠들이 있었다. 어릴 적부터 같은 동네에 살아, 온 식구가 다 알고 지내는 가까운 오빠들일 뿐이었다. 우리 집 형광등이 고장나면 갈아주기도 했고, 특별한 음식을 하면 불러서 나누어 먹기도 하던 사이였다. 집들이 다닥다닥 붙어 있었기 때문에, 건넛집 오빠가 치는 기타 소리도 잘 들렸다. 집집마다 작은 소문들은 기타 소리보다 더 잘 퍼져나갔다.

어렸을 때는 밤마다 나와서 도둑놈잡기 놀이를 했다. 향기 가득한 꽃밭 속에 숨어, 동네 오빠들이 도둑처럼 이곳저곳 몰래 숨어드는 모습을 바라보았다. 내가 숨던 꽃밭은 계절 따라 향기가 달랐다. 내가 부는 하모니카 소리의 고향은 꽃 피는 산골이 아니라 변두리 허름한 작은 동네였다.

주일이면 모두 교회에 모여 예배를 보았다. 화강암으로 지은 교회 건물도 우리의 손을 거쳤다. 기반을 다지기 위해 화강암을 작게 부숴냈는데, 우리처럼 어린아이들까지 모여서 작은 돌멩이를 망치로 잘게 부수었다. 그런 일을 하고 나면 우리에게 용돈도 생겼다. 주일학교와 중등부, 고등부, 청년부를 같은 교회에서 보냈다. 내 친구

혜순이는 책을 많이 읽었다. 나는 어릴 적 소공자 소공녀 같은 세계 아동문학전집을 그 친구가 빌려줘서 읽었다. 혜순이도 그의 두 오빠도 공부를 잘했고 모두 명문대학에 합격했다.

어린 시절엔 손도 잡고 철모르게 놀던 동네 친구들이, 사춘기가 되며 여자애들과 남자애들이 조금씩 낯을 가리기 시작했다. 꽃밭에 숨어들던 도둑놈잡기 놀이도 다시 할 수 없었다. 그러나 어찌 마음까지 멀어졌으랴. 교회에서 점잖을 떨며 무관심한 척 관심을 가졌다. 멋진 중학생 모자와 배지를 달고 집 앞을 지나가는 남자애를 문틈으로 몰래 훔쳐보기도 했다. 시간이 흐르며, 내 머리를 쓰다듬어 주던 오빠도, 기타를 잘 치던 오빠도, 참 멋있다고 생각하던 오빠도 군대를 갔는지 보기 힘들었다. 난 그 오빠들이 좋았지만 한번도 좋다는 말은 못했다.

가끔 여름밤이면 더위를 피해 밖으로 나와 평상에 둘러앉아 자기의 꿈도 얘기하고 밤별도 바라보았다. 그러나 너무 잘 알고 지내던 사이였기에 속마음을 터놓지는 못한 것 같다. 그때는 어찌 그리 하늘의 별이 맑고 깨끗하게 보였는지 지금도 가끔 생각난다. 자주 찾아오던 헌수 오빠가 차츰 발길이 뜸해졌다. 그리고 내 하모니카도 책상서랍에서 녹이 슬기 시작했다.

일을 나가던 엄마와 공부에 매달리는 오빠와 달리, 우리 네 자매들은 한 방에서 복작거리며 노래 부르고 숙제하고 수제비나 부침개도 해먹고 때론 말다툼도 해가며 한 시절을 보냈다. 큰언니도 노래를 잘하지만 둘째언니는 정말 목소리가 좋았다. 언니들은 교회 성가대에서 많은 활동을 했다. 덕분에 우리 네 자매는 성탄절이나 무슨 때가 되면 이 교회 저 교회에서 사중창을 부르기도 했다.

우리 자매들은 영화 〈작은 아씨들〉의 자매들처럼 서로 개성도 달랐고, 꿈도 달랐다. 노래 잘하던 너그러운 큰언니. 얌전하지만 모든 예술 방면에 재능이 있던 둘째언니. 예쁘고 야무지던 셋째언니. 철이 늦게서야 든 막내인 나. 지금 생각해보면, 아마 헌수 오빠는 언니들 중 누군가를 좋아했던 것 같다.

“언니들 다 어디 갔니?”

집에 오면 나에게 과자 같은 작은 선물을 주며 주변을 둘러보았다. 누구를 찾는 듯했다. 아마도 둘째언니가 아니었을까. 그러나 전쟁 후 모든 것이 불확실하던 막막한 처지에 좋아한다는 말은 꺼내보지도 못한 것 같다. 언제인가 그 오빠는 하모니카 소리처럼 멀어져갔다. 그리고 나도 어린아이를 벗어났다.

나는 하모니카 소리를 좋아한다. 그 소리는 마치 떠나온 고향을 그리듯, 어린 시절의 향수에 젖게 한다. 그리고 가끔 하모니카를 선물했던 그 오빠를 생각하게 한다. 그 소리엔 지나온 세월이 보인다. 은은한 하모니카의 들숨과 날숨 속엔 어릴 적 친구들도, 오빠들도, 내가 뛰어놀던 꽃밭도 흘러나온다. 이제 나의 친오빠도 어머니도 이 세상엔 없다. 헌수 오빠는 지금쯤 어디서 무엇을 하며 살고 있을까. 살아 있기나 할까. 오랜만에 하모니카를 불어본다. 그리고 나도 모르게 빠져버린 추억 속의 시간여행은 어느새 내 감성의 물살을 헤친다.

통영, 예술가의 초상

시인 백석은 어느 날 통영을 찾아와 다음과 같이 노래했다.

밤새 바다에선 뿡뿡배가 울고
자다가도 일어나 바다로 가고 싶은 곳

바다가 앞마당처럼 들어와 있는, 통영 중심지라 할 수 있는 강구안에 짐을 풀었다. 수많은 예술가를 배출한 곳. 에메랄드 빛 하늘이 환히 보이는 우체국 창가에서 편지를 쓰던 청마 유치환도, '네 이름을 불러주었을 때 내게로 와서 꽃이 되었다' 하던 김춘수도 이곳 사람이다. 박경리, 김상옥, 윤이상도 있다.

남망산 공원 뒤에 청마문학관이 있다. 시원한 나무그늘 평상에 앉아 그의 시를 읽었다. 여행하며 가끔 찾아오는 이런 여유가 좋다. 마음도 어느새 '푸른 해원을 향하여 흔드는 노스탈지어의 손수건'이 되어가고….

미륵산에 오르니 해안을 따라 만들어진 항구도시와 햇빛을 받아 반짝이는 초록의 바다, 한려수도 비경이 한눈에 보였다. 통영에서 살아온 사람들은 떠나온 고향을 못 잊는다고 한다. 작곡가 윤이상도 독일에 살며 고향 앞바다를 평생 그리워했다. 그곳은 전국에서 쾌청한 날이 가장 많은 지역이다. 그래서일까, 푸른 바다와 항구를 평생 그리며 살던 화가 전혁림도 있고, 전쟁통에 흘러든 이중섭도 그곳 항구에서 열정적으로 많은 그림을 그렸다.

김춘수의 유품전시관은 충무교 너머 해변가에 있었다. 과거 아픈 시대를 살아오며 내면의 갈등은 얼마나 많았을까. 결국 그는 '무의미의 시'를 탄생시킨다. 그의 시 「샤갈의 마을에 내리는 눈」에는, 실재實在하지도 않는 샤갈의 마을에 '3월에 눈이 내리고 쥐똥만 한 겨울 열매가 올리브 빛으로 물이 든다'라고 썼다. 시인의 상상력은 얼마나 눈부신가. 어느 여행길에서 만난 카페 '샤갈의 마을'이 떠올랐다. 카페를 장식하는 벽난로에는 '그해 가장 아름다운 불을 지피는 아낙'이 피워올린 듯 장작이 따뜻하게 타오르고 있었다.

중앙시장 옆에 벽화로 유명한 동피랑마을이 있다. 한산도 앞바다가 보이는 언덕 위의 달동네. 그동안 매스컴을 통해 여러 번 보도되어 유명해진 벽화들이다. 재개발을 하려는데, 부산여대생들이 와서 벽에 그림을 그리며 유명해지기 시작했다. 그 후 관광객들이 몰려들며 재개발을 함부로 할 수 없는 관광지가 되었다. 그러나 언덕으로 올라갈수록, 골목으로 들어설수록 길이 좁고 계단도 엉성하고 가팔라서 생활하기는 너무 힘들 것 같다는 생각이 들었다.

동피랑 작은 슈퍼에서 캔커피를 한 개 샀다. 슈퍼 외벽엔 탁자와 커피를 마시는 풍경을 그려놓고 '태인Cafe'라고 써놓았는데, 그 옆에는 하나같이 낡은 탁자와 의자들을 주워 모아놓았다. 커피를 마시며 바다 풍경을 바라보았다. 빛나는 초록의 바다에서 불어오는 바람은 싱그럽고 상쾌했다. 주변의 사람 냄새 나는 낡은 집들과 좁은 골목들은 또 얼마나 정감 있는지.

통영은 가난도 예술로 승화시킬 수 있는 천혜의 자연경관을 가진 곳이었다. 며칠 돌아보며 통영의 생활현실과 문화콘텐츠가 바로 이 동피랑마을과 유사하지 않을까 생각해보았다. 경제는 낙후돼 있어도 문화적 내용은 풍부하다는 것. 이젠 사람들이 카메라 들고 하도 기웃거리니 급기야 사투리 팻말까지 등장했다.

'무십아라! 사진기 메고 오모 다가. 와 넘우집 밴소깐꺼지 디리대고 그라노?'

통영의 앞바다는 세계 4대 해전사상 가장 값진 승리로 평가받는 한산도대첩이 있었던 곳이기도 하다. 이순신 장군이 일본의 최정예 수군부대를 한산도 앞바다로 끌어들여 섬멸시켰던 곳이다. 통영은 바닷가의 멋진 풍광으로 동양의 나폴리라고도 한다. 강구안에는 역사도 오래된 유명한 충무김밥집이 즐비하다. 통영도 전통 있는 유럽의 작은 뒷골목들처럼 옛 것과 현대적인 것이 잘 어우러진 예술도시로 가꿀 수 있다면 얼마나 멋있을까.

오후 시간, 석양을 바라보기에 가장 좋은 곳이라는 달아공원으로 갔다. 한려수도의 크고 작은 섬들이 꿈처럼 떠 있고 하늘과 바다는 점차 붉게 변해가고 있었다. 머리 위로 흩어져가는 구름의 빛깔과 모양을 어찌 다 표현할 수 있을까.

그러나 정작 통영을 빛내주는 것은 풍경보다 사람이었다. 백석은 사랑하는 '란'을 찾아서 통영까지 왔으나 뜻을 이루지 못하고, '미역오리 같이 말라서 굴껍질처럼 말없이 사랑하다 죽는다' 하는 천희千姬를 객주집에서 만난다. 예술인들을 생각하며 저물어가는 청마거리를 걷는 동안 오래오래 시간을 잊고 있었다.

러시아혁명이 러시아를 위대한 나라로 만들지 못했다. 그러나 푸시킨이나 톨스토이, 차이코프스키, 스트라빈스키, 그 외 수많은 예술가들이 러시아를 대단한 나라로 기억하게 만든다. 예술은 그런 것이다. 문화의 힘은 그 나라를, 그 지역을 평가하게 한다. 통영은 그런 점에서 늘 가고 싶은 곳이었다. 남해바다가 꿈처럼 펼쳐진 노을 속에서 예술인들의 마음을 느끼며 가슴은 촉촉이 젖어가고 있었다.

그리스, 젊은날의 꿈

내 책상 위에는 철사로 만든 빨간 바퀴의 자전거 한 대가 서 있다. 상상의 페달을 밟으면 시공간을 타고 넘어 에게해의 작은 섬에 나를 내려놓는다. 손바닥 크기의 것으로 그리스 여행 중 산토리니에서 산 것이다.

에게해의 수많은 섬 중에 미코노스와 산토리니는 관광객으로 넘쳐나는 예쁜 섬이었다. 해안가 식당이나 모래해변 어디에도 쓰레기는 보이지 않았고 물은 투명했다. 고양이들은 우리나라 길고양이처럼 눈치를 보지 않고, 사람들 곁을 비집고 들어오며 친근한 표정이었다. 며칠간 이 두 섬에서 행복한 날들을 보냈다.

바쁠 것 없다는 듯 옹기종기 모여 있는 골목의 작은 상점들을 어슬렁거리며 구경했다. 비싸지 않은 모자도 하나 사고 아이스크림도 사 먹으며 골목을 빠져나오면 햇살에 반짝이는 환한 바다가 보였다. 석양이 하늘과 바다를 온통 물들일 때면, 해안을 따라 걷다가 풍차가 보이는 바닷가 레스토랑에서 느긋하게 포도주를 마셨다. 노을에 물드는 바다를 바라보며 내 몸과 마음도 그렇게 붉어져갔다. 이런 게 진정한 쉼이라는 생각을 해보았다.

그리스는 신화의 나라다. 우리나라도 건국신화를 비롯해 여러 가지 신화가 있긴 하지만 비교가 안 된다. 그들은 당시에 지진이나 화산 폭발 등 인간이 풀어낼 수 없는 모든 문제를 신화의 세계에서 해결했다. 신들은 인간의 사랑과 질투에 개입하고, 전쟁과 창조, 생산과 파괴를 마음껏 저지르고 죽지도 않는다. 그들의 신화적 상상력은 수많은 이야기를 만들어내며 서양문학과 미술과 음악의 원천이 되었다.

에게해를 예찬하는 글은 얼마나 많은지. 집을 떠나기 전부터 내 눈엔 에메랄드빛 바닷물이 넘실거렸다. 배를 타고 낙소스 섬을 지날 때 오페라 〈낙소스 섬의 아리아드네〉가 생각났다. 그들의 신화적 상상력이 빚어낸 사랑 이야기에 현대인들은 울고 웃는다. 미코노스 섬에서 멀지 않은 델로스 섬은 사람이 살지 않는 폐허였다. 역사의 어느 한 시절, 그 화려했던 영광을 뒤로 하고 거대한 아폴론 조각상, 사자상, 번화하던 상점거리의 흔적들만이 쓸쓸히 바람을 맞고 있었다.

테베의 왕 오이디프스의 비극은 허무맹랑한 상상력뿐일까. 기원전의 역사는 사실과 신화가 섞여 있어 어디까지가 역사적 사실인지 구분하기 어렵다. 신화를 사실로 믿은 독일인이 있었다. 고고학자 슐레이만은 어렸을 때 『일리어드와 오디세이』를 읽고 호메로스의 열렬한 추종자가 되어 결국 오랜 세월 매몰되어 잊힌 트로이의 도시를 발굴해냈다. 이제 그 기원전의 영광으로 후손들은 관광객을 불러들이며 살고 있었다.

그리스 전역의 박물관에는 가는 곳마다 바다 밑이나 땅 속에서 파낸 신화 속 인물들, 팔 부러지고 다리 없는, 머리통 없고 몸통까지 잘려나간 수많은 조각상들이 전시 되어 있었다. 돌덩이만 남아 있는 폐허 위에서 인간은 끝없는 상상력으로 과학의 도움을 받아 기원전의 역사를 복원해가고 있었다. 이름 있는 신전들은 그 뼈대만 드러내고, 파르테논 신전의 공사는 언제 끝날지 알 수 없었다. 포세이돈 신전은 에게해의 바닷바람을 맞으며, 마치 삼지창을 든 포세이돈이 물결을 일으키며 나타나기만 하염없이 기다리는 것 같았다.

기원전에 탈레스, 피타고라스, 유클리드 같은 수학자가 나왔고, 소크라테스, 플라톤, 아리스토텔레스 같은 철학자를 배출한 나라. 유럽의 신 중심인 중세사회를 인간 중심의 근대사회로 발전시킨 그리스의 고전. 오늘날 보편적 민주주의 형태를 이미 기원전에 발전시킨 그리스는 대단한 나라임에 틀림없다.

포르토 미코노스 호텔의 아침이 밝았다. 창을 열어보니 드넓은 바다에 햇살이 퍼져 반짝이고 있었다. 온통 하얀 빛깔의 테라스로 나가 가지고 갔던 책, 장 그르니에의『섬』을 펼쳤다. 어느 페이지라도 읽으면 사소하지만 소중한 것들을 깊이 사랑하고 싶어진다. 살아오며 각성의 순간은 언제 있었을까. 젊음의 갈피갈피에 목마름처럼 다가왔던 것. 아마도 그런 작은 꿈들이 지금의 나를 만들어오지 않았을까.

산토리니 섬에 도착했을 때 가이드가 말했다.

"어디서 찍어도 그림이 되는 곳이에요."

언덕 위에 세워진 교회당도, 별장도, 호텔도 바다를 내려다보고 있었고, 섬 위의 모든 집들이 하얀 색이었다. 부분적으로 푸른 빛이나 노란 빛, 분홍빛 등 몇 가지 색깔이 있었지만 흰 색을 더 강조해 줄 뿐이었다. 물빛은 얼마나 투명하던지. 포도나무는 바닷바람을 이기려고 바닥에 바짝 붙어 있었다. 땅이 비옥하고 일조량이 좋아 그곳의 포도는 달기로 유명하다고 하였다. 태양빛이 뜨거워도 그늘로만 가면 시원했다.

골목길 보석상점에 진열된 고가의 상품들은 환한 불빛에 존재감을 빛내고, 의류상점의 옷들은 관광객들에게 어서 오라며 여기저기서 손을 흔들고, 아이스크림집은 더위에 지친 사람들을 유혹하고 있었다.

관광명소가 된 책방 '아틀란티스'가 번화가 한 골목에 자리잡고 있었다. 비좁은 계단을 내려가니 여러 나라의 책들이 아기자기 작은 서재에 서로 어깨를 맞대고 가득 차 있었다. 오래 전 화산 폭발로 사라졌다는 이상향 아틀란티스가 바로 이곳이라고 한마음으로 합창을 하는 듯했다. 옥상에 올라가 에게해를 배경으로 사진을 찍었다. 언젠가 나에게 아틀란티스를 기억하게 해줄 추억의 사진이 될 것이다.

산토리니의 석양은 장관이었다. 사람들은 저마다 카메라를 들고 사진 찍을 만한 곳을 찾아 모여들고, 전망 좋은 곳은 레스토랑이 자리잡고 관광객들을 맞았다. 우리는 예약된 자리에 앉아 석양에 물드는 하늘과 바다를 바라보았다. 노을은 테이블 위의 포도주 잔처럼 붉게 변해갔다.

머리 위에서 부겐베리아 꽃잎 하나가 사뿐 날아왔다. 하얀 접시 위에 떨어진 꽃잎이 붉게 빛나고 있었다. 가슴이 따뜻해졌다. 바다는 서서히 어둠에 잠겨가고 언덕의 하얀 집들엔 하나둘 불이 켜지며 보석처럼 반짝이기 시작했다.

무심히 친구에게 말했다. "행복하다"고. 이 느낌은 어디서 오는 것일까. 에게해에서 불어오는 바람 때문인가, 디오니소스의 장난인가.

사소하지만 소중한 꿈 중 하나. 그리스의 하얀 호텔 테라스에 앉아 포도주 한 잔 앞에 놓고 바다를 바라보고 싶었던 젊은 날이 떠올랐다.

은호산의 사랑 이야기

은호산을 아십니까. 모를 겁니다. 지도상에도 없는 이름이니까요. 우리 동네 산악회에선 원래 계방산을 가려고 했습니다. 눈이 많았던 이번 겨울, 마지막 설산행의 진수를 맛보고 싶었으니까요. 그런데 아쉽게도 산불예방기간이라며 출입을 금지시키네요. 남녘의 봄소식이 가끔 들려오는 겨울 끝자락이었지요.

그때 동행인 은호 씨가 인제 쪽으로 가도 더 좋은 산이 있다며 분위기를 잡았지요. 결국 우리의 산행지는 즉시 바뀌고 말았답니다. 우린 사전 정보가 전무한, 그가 안내한 산을 가게 되었는데…. 강원도의 산이야 어디로 간들 크게 달라지겠습니까. 모든 곳이 청정한 비경을 간직하고 있는 것을. 그러나 은호 씨의 얼굴 표정은 사뭇 달라지기 시작하였지요. 추억에 젖은 듯했고, 사랑이니 뭐니 그런 말을 밑도 끝도 없이 중얼거렸습니다. 그 산은 옛날 은호 씨가 젊었던 시절 군생활을 하던 부대가 있던 곳이랍니다.

소양강을 끼고 자갈밭을 걸으며 보이는 산들은 아침햇살을 받아 각양각색의 신비한 빛깔로 물들기 시작했습니다. 봄기운이 완연했지요. 사람이 잘 다니지 않아 확실치도 않은 산길을, 끈질긴 추억 속의 길을 더듬으며 봄별 따뜻한 산을 오르기 시작했습니다.

군시절 벙커 작업을 하며 이곳저곳을 옮겨다니던 은호 씨는 그곳에 살고 있는 산골처녀를 알게 되었답니다. 그리하여 소양강가에서 빨래하던 은순이와 젊은 청춘이었던 은호는 서로 사랑하게 되었더랍니다. 소설에서나 있을 것 같은 연애담을 우린 은호 씨를 통해 듣게 되었지요.

작업이 끝나고 산길을 내려오면 산기슭에서 기다리던 은순이와 만났답니다. 그리고 미리 준비해간 편지를 주고받았지요. 영원한 사랑을 맹세했답니다. 남의 눈을 피해 맞잡은 손, 그 젊음의 사랑은 얼마나 가슴 설레었겠습니까.

봄날이어서 겨우내 쌓였던 눈은 녹아가고 있었습니다. 그러나 북향 쪽과 계곡길은 여전히 눈으로 덮여 있었고, 쌓여 있는 낙엽 속 빙판을 조심해야 했지요. 너무 오래 전 기억을 더듬는 것이라, 우린 길도 없는 산의 능선을 향해 수직상승을 해가며 어디가 끝인지 모를 산행을 계속해야 했습니다.

은호 씨는 산행을 하는 동안 걸음걸이도 예전과 달리 재빨랐고, 은순이 얘기만 나오면 내내 행복한 표정이었습니다. 과묵하던 사람인데 말도 많아졌지요. 드디어 능선길로 접어들었을 때 산 아래 초록으로 물들며 흐르는 소양강이 보이데요. 대장이 〈소양강 처녀〉

노래를 부르기 시작했고, 너나 할 것 없이 우린 합창을 했지요.

능선을 따라 우리의 산행은 계속되었습니다. 칠공주집이 있던 곳이 정상이라는데, 우리는 그곳이 어디인지 알 수 없었지요. 그 옛날 딸만 일곱 명을 둔 집이 있었는데, 그곳에서 화전을 일구고 살았더랍니다. 은호 씨는 그곳까지 얼마 남지 않았을 거라며 자꾸만 앞장서는데, 우린 양지바른 곳에 주저앉고 말았습니다. 확실치도 않은 길을 끝도 없이 갈 수 없었지요.

봄볕이 너무 좋았습니다. 남향으로 진달래가 꽃망울을 조그맣게 터트리고 있더군요. 아직도 소양강 처녀 은순이는 그곳에서 멀리 벗어나지 못하고 살고 있더랍니다. 십 년 전쯤 군 동기들과 그곳을 지나다가 소식을 알게 되었다는군요. 우리 산행회원들은 기꺼이 은순 씨 부부가 한다는 가게를 들러보기로 했지요. 그때부터 은호 씨는 안절부절못했습니다.

먼발치에서라도 한번 얼굴을 보았으면, 아니면 그 가게의 문만 보고 돌아와도 은호 씨는 행복할 것 같았습니다. 은순이를 두고, 제대 후 집안 사정으로 결혼을 하게 되었답니다. 집안의 반대로 도저히 소양강 처녀를 아내로 맞을 수 없었다지요. 오랜 세월이 흐르고, 이미 남남이 되었지만 젊은 시절의 그 애틋한 사랑을 잊을 수 없었나봅니다.

차를 타고 그리 멀지 않은 곳에서, 은순 씨는 남편과 치킨집을 하며 살고 있었습니다. 가게 앞에 왔을 때, 그는 고개를 들지 못했습니다. 우린 모르는 척 들어가 치킨과 호프를 시키고 웃으며 기다렸습니다. 은호 씨는 가게에 들어오지도 못하고 쭈뼛거렸습니다. 망을 보던 우리가 남편이 없으니 들어오라고 계속 손을 흔들었습니다. 드디어 들어온 그는 주방의 은순이 쪽으로 갔습니다. 우린 멀리 앉아 있었지요. 주방과 홀 사이의 작은 통로에 그들은 마주 서 있었습니다. 잠시 침묵이 흐르는 것 같았습니다.

은호 씨가 무언가 말을 하더니 고개를 숙였습니다. 드디어 은순 씨도 몇 마디 하더군요. 그리고 말이 없었습니다. 아니, 할 말이 너무 많아 아무 말도 못하고 있는 것 같았습니다. 잠시지만, 침묵의 시간은 수십 년의 시간을 건너뛰었을까요. 드디어 은호 씨가 밖으로 나왔습니다. 남편이 곧 온다고 했나봅니다. 우리도 따라나왔지요. 그의 얼굴은 붉게 달아올라 있었습니다. 회한이 가슴을 치고 있는 듯했습니다. 사나이 순정이 이렇게 지극하다는 걸 처음 알게 된 느낌이었습니다.

이루지 못한 사랑은 아름답다지요. 그는 돌아오는 내내 차창 밖만 바라보고 있었습니다. 황동규 시인의 시가 떠오르더군요.

> 내 그대를 생각함은 항상 그대가 앉아 있는 배경에서 해가 지고 바람이 부는 일처럼 사소한 일일 것이나 언젠가 그대가 한없이 괴로움 속을 헤매일 때 오랫동안 전해오던 그 사소함으로 그대를 불러 보리라

산은 많은 세월을 안고, 그 모습 그대로 거기에 있었습니다. 그는

그 산의 이름도 알지 못했고, 지도에도 나와 있지 않았습니다. 그래서 우리는 그 산의 이름을 지어주었습니다. 은호산이라고. 산은 모두 좋지만 추억이 있는 산은 더 아름답지요. 그리고 추억이 있는 사람도 아름다워 보였습니다.

사막에서

한때 역사의 주무대였던 이집트 여행, 기대와 설렘을 가지고 시작했다. 나일강에서 배를 타고, 수많은 고대유적의 현장을 발로 밟으며 파라오들의 무한권력을 생각했다. 카이로 박물관에서는 그들의 놀라운 문명을 확인했고, 피라미드를 구경하고 낙타를 타보기도 했다. 그러나 그 여행에서 정작 나를 감동시킨 것은 마지막 일정인 사막투어였다.

낡은 지프에 우리를 태우고 이집트의 서부사막을 달리던 베드윈들. 내가 경험한 그들은 무척 밝고 역동적인 삶을 살고 있었다. 그들이 몰고 다니던 지프는 1950년대에 생산된 폐차해야 할 정도로 낡은 차들이었다. 이런 고물차를 몰고 황량한 사막의 거친 길들을 날듯이 달렸다. 문득 앞차의 형태조차 알아볼 수 없을 정도로 먼지를 내뿜으며 달리던 차가 시야에서 사라졌다. 길을 잃은 듯했다.

한참을 헤매던 끝에, 멀리서 헤드라이트의 반짝이는 불빛이 보였다. 문명의 그림자도 보이지 않는 그 사막의 한복판에 지프들은 서 있었고, 우리는 안도했다. 덜컹거리는 차 속에서 빠져나오니, 마치 커다란 모험이라도 한 기분이었다.

오던 길 내내 하늘을 붉게 물들이던 석양도 서쪽으로 자취를 감추고, 어둠이 내리고 있었다. 사막에서 바라보는 자연은 감동 그 자체였다. 우리 주변은 새나 버섯의 형상, 그 외에 여러 형태의 석회암들이 펼쳐져 있었다. 모래바람에 풍화된 석회암들은 조각가의 예술작품 같았다. 그 각양각색 형태는 조물주가 만들어놓은 대자연의 아름다운 조형물들이었다.

베드윈들의 손놀림은 빨랐다. 차 위에 싣고 온 통나무로 모닥불을 피우고, 텐트를 쳤다. 물을 끓여 스프를 만들고, 타오르는 모닥불 속에선 호일에 싼 닭고기가 익고 있었다.

난 지금도 그때를 생각하면 가슴이 벅차다. 사람들이 모닥불 주위로 자리를 잡을 때, 홀로 망망한 사막 속으로 들어갔다. 하늘에 별이 돋아나기 시작했고, 잡히는 모래는 부드럽게 내 손가락 사이를 빠져 흘렀다. 대자연의 경이로움에 할 말을 잃었다. 이런 삶도 있는데, 이렇게 자연스럽게 살 수도 있는데…. 나도 그들처럼 단순하게 살며 단순하게 원하고, 단순하게 기도하고 싶었다.

도시와 정착 농경민의 생활을 거부하고 사막에서 떠도는 베드윈들. 이제 중동지역에서도 5% 미만의 소수에 불과하지만 순수와 이상의 상징이 된, 그 지역문화의 모태였던 유목민들. 우리 차를 몰던 젊은이는 갓난쟁이 딸 하나를 둔 가장이었다. 그는 계속 노래를 흥얼거리며 자신의 일을 즐겨했다. 거친 운전솜씨를 뽐내기도 하고, 모래밭에선 손가락으로 아기 발자국도 재미있게 찍어주었다. 흑사막에선 예쁜 철광석 꽃돌을 찾아주기도 했다.

난 그의 이름을 잊어버렸다. 그러나 그가 가르쳐준 이집트 말 '하비비'는 기억한다. '당신을 사랑합니다'라는 뜻이란다. 계속 그 말을 기억하고 있다가, 카이로의 호텔 웨이터에게 '하비비'라고 해봤더니, 두 손을 벌리고 달려들었다. 내가 만났던 이집트 사람들은 참으로 밝고 명랑했다.

뜨겁던 사막은 밤이 되며 서서히 추워지기 시작했다. 그러나 황홀한 밤하늘의 별들을 두고 텐트 안으로 들어갈 수 없었다. 일행들과 떨어져, 함께 온 친구 셋이서 모래 위에 매트를 깔고 침낭 속으로 들어갔다. 누워서 바라보는 하늘은 넓고 깊었다. 오랜만에 보는 은하수였다. 은빛 강물이 뽀얗게 흘렀다. 무한한 우주를 생각하면 인간은 얼마나 왜소한 존재인가. 그러나 하늘에 반짝이는 별들을 마음에 품을 수 있는 인간은 또 얼마나 경이로운 존재인가. 나도 모르게 삶에 대한 기도가 넘쳐흘렀다.

누가 먼저인지 노래를 불렀다. '주 하나님 지으신 모든 세계…'. 감동스런 자연을 마주하고 속된 노래를 부를 수 없었다. 경건한 마음까지 들었으니까. 별과 관련된 노래도 불렀다. 별들이 초롱거리는 밤하늘을 향해 무엇이 좋은지 계속 웃어대었다. 이야기하며 깔깔거리고 웃는 소리는 사막 속으로 퍼졌지만, 광활한 자연의 적막은 깨뜨릴 수 없는 깊이였다. 우리는 별을 보며 사막에 불시착한 생텍쥐페리와 어린왕자를 얘기했다. 사막의 여우 얘기도….

떠나온 집도 잊은 채, 세 아줌마, 별을 보며 모래 위에 누워 밤을 보냈다. 그런데 유성이 흐를 때 소원을 빌었을까. 우리가 한 하늘 아래 한마음이었을까. 각자의 슬픔이나 허기를 숨긴 채, 세월에 주름진 얼굴들을 어둠에 감추고 있었다. 가물가물 잠이 들려할 때, 옆으로 검은 물체가 지나가는 것 같아 잠시 공포감이 들었다. 다음날 아침에 들어보니, 검은 여우를 보았다는 일행이 몇 명 있었다. 잠결에 본 것이 여우였었나. 여우가 은색이나 갈색인 줄 알았는데, 이곳은 검정색이란다.

이른 아침, 멀리 지평선 위로 하늘이 붉어지기 시작했다. 태양이 장엄하게 드넓은 하늘을 분홍빛으로 물들이고 있었다. 신비한 사막의 아침은 새로운 신화의 세계로 나를 밀어넣고 있었다. 태양이 떠오르는 방향으로 나도 모르게 걸어들어갔다. 두 손을 활짝 펼쳐보았다. 사막은 신을 만나고 기도할 수 있는 장소라는 생각이 들었다.

내가 떠나도 밤하늘의 유성은 쏜살같이 흐를 것이고, 여우는 밤새 먹이를 찾아 잠자는 사람들의 주변을 서성일 테지. 그리고 베드윈들은 사막을 거칠게 달릴 것이다. 여행의 묘미는 이런 것이다. 삶은 다양한 것이어서, 내가 경험하지 못하고, 생각지 못한 것들이 이 세상엔 가득하다는 것을 체험하게 하는 것.

제3장

나는 아마추어다

어머니를 일찍 여의고 어려운 환경에서도 문학적 재능을 키워나갔던 자매들.
자매들이 어떤 환경에서 어떻게 글을 썼을까 충분히 짐작할 수 있었다.
—「폭풍의 언덕을 가다」 중에서

나는 아마추어다

클래식 전문방송에서 아나운서가 피아니스트에게 물었다.

"이 곡을 치기 위해 몇 번 정도 연습하셨나요. 음… 백 번?"

"아니요. 아마 천 번은 쳤을 거예요."

망설임 없이 대답하는 피아니스트의 말을 곱씹어보았다. 수없이 연습해서 무대에 오른 피아니스트의 남모르게 흘린 땀방울을 느낄 수 있는 한마디였다. 살아오며 나는 무엇에 최선을 다해보았을까.

해야 할 일을 피해본 적은 없지만 최선을 다하며 살지는 못한 것 같다. 국민학교에 입학하며 교직을 그만두기까지 학교라는 울타리를 벗어나지 못하고 살아왔다. 16년간 배우고 23년을 가르쳤다. 교과서적인 규칙에서 벗어나 원하는 것을 즐기며 자유롭게 살고 싶었다. 생활의 굴레에서 벗어나도 밥은 굶지 않겠다는 자신이 섰을 때, 다니던 직장을 그만두었다.

우선 내가 좋아하는 그림을 그리며 살기로 했다. 시간의 주인이 되어 내가 원하는 놀이를 하며 산다는 건 얼마나 신나는 일인가. 얼마나 이런 자유를 꿈꾸어왔는가. 비로소 시간에, 의무에 시달리지 않고 오래 관심을 가지고 조금씩 해오던 그림을 본격적으로 하게 되었다. 좋아하는 음악을 들으며 그림을 그리고 있을 때 가장 행복했다. 여러 차례 크고 작은 공모전에도 출품하고 전시회도 가졌다. 그러나 아름다움을 그림으로 표현하는 창조의 세계는 끝이 없어보였다.

과연 내가 그림에 소질이 있느냐는 근본적인 회의까지 들기 시작했다. 자유롭게 원하는 삶을 살고 싶었는데 오히려 그림이 나에게 구속이 되어가고 있었다. 일단 붓을 놓았다. 열심히 산에 다니고 탁구에 몰두하며 그림의 구속에서 벗어나고 있었다. 그즈음 문학을 만났다.

그림을 잠시 쉬는 동안 만난 문학의 세계는 내 삶을 조금 더 의미 있게 만들어주었다. 그동안 문학과 전혀 다른 삶을 살아온 것은 아니다. 시를 쓰기도 했고 평소 독서와 일기쓰기는 꾸준히 해오고 있었다. 그림이 감성적으로 아름다움을 표현하는 것이라면, 문학은 이성과 감성이 조화를 이루어야 좋은 작품이 나올 것 같았다. 표현 방법만 다를 뿐 어떤 대상을 바라보는 눈은 그림이나 글이 다르지 않았다. 모든 예술이 그렇듯 빠져들수록 어려웠다. 독자가 공감해 줄 수 있는, 마음을 울리는 작품은 쉽지 않았다. 미술이든 문학이든 모든 작품에는 그 사람의 지성과 감성이 녹아 있다. 자기만의 방식으로 조각을 하듯 작품을 다듬어가는 지난한 과정이었다.

나는 왜 그림을 그리고 글을 쓰는가. 내가 원하는 진정한 존재의 자유를 의미 있게 즐기며 살기 위해서가 아닌가. 나는 문학이든 미술이든 아마추어다. 천 번을 연습해야하는 프로들의 고통을 느끼고 싶지 않았다. 땀 흘린 프로들의 성취에 대한 만족감은 그 깊이가 더하겠지만 어려움도 그만큼 크다는 것을 안다. 아마추어란 말은 라틴어의 '아마레(amare=to love)'에서 유래했다. 그러니까 내가 하는 일을 밥벌이 대상으로 보지 않고 사랑의 대상으로 본다는 것이다.

이제 나는 그림도 그리고 글도 쓴다. 모든 걸 부담 없이 즐기며 하고 있다. 흡족한 결과물이 나오면 더할 나위 없이 기쁘다. 남의 것을 감상하는 것도 좋지만 나의 것을 창조한다는 것에 더 의미를 느낀다. 그러나 하고 싶은 것을 열심히 하다가 힘들면 손을 뗄 수 있는 자유가 있다. 나는 아마추어니까.

아마추어와 프로의 차이가 꼭 기량의 차이만은 아닐 것이다. 그 행위를 직업으로 하느냐, 놀이로서 하느냐에 달려 있을 것이다. 그러나 자신의 예술만으로 안정된 생활을 할 수 있는 프로들은 아직도 우리 현실에선 극소수에 불과하다. 그럼에도 불구하고 그 예술에 목숨을 건다. 삶의 의미와 기쁨을 주기 때문이다. 가슴 설레는 작업이고 내적 충족이 있기 때문이다.

좋아하는 음악을 들으며 그림을 그리고 책을 읽고 글 쓰는 시간을 무엇보다 사랑한다. 예술을 즐긴다는 것은 마음에 촉촉한 감성의 물결을 만들어내는 것과 같다. 그림을 그리며 선과 색에 빠져 떠나온 풍경을 생각하고, 글을 쓰며 지나간 추억을 불러들인다. 좋은 음악을 들을 때 끝없이 솟아나는 감성의 파동을 어찌 다 표현할 수 있을까. 음악은 신이 인간에게 내린 가장 큰 선물인 듯하다.

작가 잉에보르크 바흐만은 자신의 책에서 말한다. 앉아서도 누워서도 커피를 마시면서도 일을 하면서도 책을 읽는다고. "마약을 하듯이 책을 읽는 셈이지요." 나도 그녀처럼 내가 좋아하는 것에 미친 듯 몰두해보고 싶을 때가 있다. 그 몰두 속에 혼자서도 충만할 수 있기에.

헤르만 헤세는 글을 업으로 삼았지만 음악과 그림에도 조예가 깊었다. 그리고 작가로서 드물게 장수하며, 늙어가는 마음의 변화를 섬세한 글로 남겼다. 어려운 시대적 환경 속에서 우울증으로 자살을 기도하기도 했지만 그를 구원한 것은 예술이 아니었을까.

아름다움을 향한 나의 갈망은 사랑이었다. 그 사랑은 시도 때도 없이 나를 자극하고 이끌고 그리움으로 다가서게 했다. 모든 예술 활동은 아름다움을 찾아가는 과정이다. 어떤 성취보다 과정을 그대로 사랑하기로 했다. 한걸음씩 천천히 즐기면서 그 사랑에 다가가기로 했다.

일회성이란 면에서 우리의 삶도 아마추어적일 수밖에 없다. 진정한 아마추어라면 돌이킬 수 없는 자신의 삶을 죽음에 이르기까지 사랑하며 성장해가야 하지 않을까.

나의 성장기

열네 살 되던 해 나는 중학생이 되었다. 1학년 때 담임 선생님은 키가 후리후리하게 큰 사십대 초반 정도의 남자 선생님이었다. 영어를 종종 섞어 쓰며 재미있는 얘기도 많이 해주셨다. 다리를 약간 절었는데 장교로 전쟁에 참가해서 북한군 총을 맞았다고 했다. 전쟁이 한창 때라 치료도 못 받고 상처에 구더기가 슬었다고 말할 때 우리 여학생들은 무서워서 비명을 질렀다. 선생님은 학생들 사이에서 인기가 있었다. 선생님이 누구를 예뻐한다는 소문이 돌면 아이들은 뒤에서 수군거렸다. 공부 잘하는 애들만 좋아한다고도 했다. 군대에서 쓰던 자개가 박힌 지휘봉을 들고 걷는 선생님의 뒷모습을 한참 바라보던 기억이 난다. 나에게 선생님은 가까이 할 수 없는 머나먼 별이었다.

사춘기는 중학교 2학년 가을에 찾아온 것 같다. 그 당시 나는 같은 반이었던 공부 잘한다고 으스대는 영선이가 마음에 안 들었다.

열등감이었을 것이다. 지난해까지도 공부는 귀찮지만 해야 하는 것, 그러나 아무 생각 없이 노는 것이 편하던 때였다. 그래도 입학시험을 거쳐 전통 있는 중학교에 당당하게 합격했다. 하지만 성적은 하위권이었다. 어릴 때부터 알고 지낸 동네 남자애가 명문 중학교 배지를 달고 교회에 나왔을 때는 부럽기도 했다. 공부를 못하면 좋아하는 선생님께 다가갈 수도 없고, 친구에게 무시당할 수도 있다는 자의식이 싹트기 시작했다.

크리스마스 이브에 교회 중등부 모임이 있었다. 남녀 학생이 모여 과일이나 과자를 차려놓고 둥글게 둘러앉아 밤늦도록 게임도 하고 노래도 부르며 놀았다. 그날은 어른들이 늦는 것을 허락한 날이었다. 선물교환 시간에 나는 일기장을 선물로 받았다. 누가 보낸 것인지 알 수 없는 것이 원칙이었다. 그러나 내가 선물을 뜯자 싱긋 웃는 남학생을 얼핏 보았지만 모르는 척했다. 남학생은 관심 없었다. 새해가 시작되며 그 일기장에 일기를 쓰기 시작했다. '나도 공부를 해야겠다.' 아직도 가지고 있는 1964년 1월 1일에 잉크를 찍어 펜촉으로 꾹꾹 눌러쓴 문장이다. 중학교 3학년이 되던 해였다. 그 후 일기를 쓰는 일은 습관이 되었다.

그 시절은 전화기도 없어서 방학이 되어 친구에게 편지를 보내면 며칠이고 답장이 오기를 기다렸다. 남학생보다는 친구의 우정에 마음이 가던 때였다. 우체부 아저씨를 기다리는 시간은 친구를 향한 풋풋한 그리움의 시간이었다. 그때의 일기장을 보고 있으면 가난했던 청소년 시절의 푸른 꿈들이 아련하게 녹아 있다. 노력해서 꿈을 이루자는 다짐이 가득했다. 나의 사춘기는 철없이 놀던 아이를 버리고 어른이 되어가던 시기였다.

우리 집은 새 교과서를 사줄 형편이 못 되었다. 나는 새 학년이 되기 전 항상 청계천으로 갔다. 그곳에 가면 헌책방이 즐비했는데 교과서는 물론이고 남들이 쓰다 팔아버린 문제집도 살 수 있었다. 별로 쓴 흔적도 없는 새 것 같은 문제집을 사면 기분이 좋았다. 쓰던 책들은 그곳에서 팔 수도 있었다. 내가 막내임에도 공부하라고 구체적으로 간섭하는 식구도 없었다. 언니들도 각자 생활에 바빴다. 혼자 생각하고 결정하고 공부해나갔다.

중학교 3학년이 되어 잊을 수 없는 수학 선생님을 만났다. 비쩍 마르고 눈매가 날카로운 선생님이었는데, 수업시간마다 그날 배운 문제들이 가득한 프린트를 숙제로 내주었다. 다음 시간에 칠판에 적힌 문제들을 나와서 풀지 못하면 출석부로 머리를 내리쳤다. 공부 안 하던 친구들은 대수시간이 악몽이었다. 언젠가 동창회에서 만난 한 친구는 얼마 전까지도 그 수학 선생님이 꿈속에 나타나 진땀을 흘렸다고 한다. 사춘기가 되고 철이 든 나는 그 선생님을 만나며 제대로 된 공부를 하게 되었다. 나누어준 프린트를 꼬박 풀어가니 성적도 급상승했다. 기분 좋으면 실눈이 되어 커다랗게 웃으시던 모습이 지금도 눈에 선하다.

이성에 눈을 뜬 것도 그 시기였다. 당시엔 학교 별로 방송국에서 주최하는 〈장학퀴즈〉 프로그램이 있었다. 남학교와 여학교의 대결이었는데, 가을에 우리 학교 대강당에서 열리게 되었다. 상대 학교는 서울 최고 명문 남학교였는데, 그곳의 공부 잘하는 학생 몇 명이 무대 위로 나왔다. 퀴즈를 시작하기 전에 학교 소개와 교가를 부르는 시간이 있었다. 대표로 나온 남학생 중 한 명이 피아노 앞에 앉아 교가 반주를 했다. 얼굴은 귀공자에 공부도 잘하고 피아노까지 잘 쳤다. 이목구비가 반듯하고 지성과 부드러움을 동반한 모습이었다. 내가 결핍을 느낀 최초의 경험이었다. 나는 강당의 한 자리에 초라하게 앉아 무대 위에서 피아노를 치는, 닿을 수 없는 멋진 남학생을 그저 바라볼 뿐이었다. 그 후 학생잡지『학원』에서도 그 남학생에 대한 기사를 볼 수 있었고, 몇 년 후 미국으로 유학갔다는 소식도 들었다. 그때 무슨 생각을 했을까. 나도 내가 원하는 모습으로 성장해 가자는 다짐이었을 게다.

열일곱 살에 고등학생이 되었다. 성실하게 학교와 도서관을 다니며 성적을 올려가던 시절이었다. 그 시절 내 인생에서 선택할 수 있는 건 공부밖에 없었다. 수업을 마친 후 저녁도 못 먹고 학교 도서관에서 밤까지 공부하다가 집으로 왔다. 어쩌다 학교에서 중학교 1학년 때 담임 선생님을 멀리서 보기라도 하면 옛 생각이 났다. '선생님, 저도 이제 공부 잘해요.' 혼잣말을 한 후엔 곧 알 수 없는 아픔 같은 게 느껴졌다.

고등학교 3학년 크리스마스 이브였다. 어디 나가지도 못하고 셋째언니와 단둘이 집에서 그날 밤을 보내게 되었다. 우리나라에 '애플와인 파라다이스'가 나온 지 얼마 되지 않았을 때였는데 큰 맘 먹고 한 병을 사왔다. 음악을 들으며 분위기낸다고 마셔본 적도 없는 술을 한 잔 두 잔 비우며 깊어가는 밤을 보내고 있었다.

그때 라디오에서 영화음악 〈페드라〉가 흘러나왔다. 안소니 퍼킨스가 질주하는 자동차 안에서 이룰 수 없는 사랑에 절규하며 흐르던 바하의 선율 〈토카타와 푸가 D단조〉. 음악을 들으며 나도 영화 속 장면처럼 내면에서 끓어오르는 무언가를 마구 쏟아내고 싶었다.

그동안 매일 똑같이 반복되는 일상을 벗어날 수 없었고, 젊음의 열정을 폭발할 탈출구는 어디에도 없었다. 더구나 영화처럼 절벽에서 추락하듯 현실을 벗어날 배짱도 없었다. 슬픔과 쓰라림을 토해내듯 나는 기울이던 술잔의 취기를 토해내고 말았다. 극복해야 할 많은 언덕을 넘으며 내 성장의 아픔이 조금씩 치유되는 듯했다. 멀리서 성탄을 축하하는 캐럴송이 들리고 있었다. 새해가 되면 스무 살, 나도 어른이 될 터였다.

그 친구 찔레꽃이 되었을까

동네의 작은 산악회에서 여희를 만났다. 봉고차 하나로 매주 새로운 산을 찾아다녔는데, 처음 산행하는 날 내 옆에 앉게 된 사람이 그 친구였다. 그해 겨울은 눈이 많이 왔고 그래서 길이 자주 막혔다. 차창에 부딪치는 눈발을 바라보며 우린 긴 시간 이야기를 나누었다. 이 산악회는 몇 년씩 함께 산을 다닌 사람들이 대부분이었다. 아마 친구는 처음 온 나를 배려했는지도 모른다. 이웃 아줌마처럼 푸근한 인상은 아니었지만 오뚝한 코와 하얀 얼굴엔 지성과 열정이 반짝이고 있었다. 산을 다니며 첫날부터 가까운 사이가 되었다.

우리는 겨울산을 많이도 다녔다. 눈 내린 능선을 따라 오르면, 바람으로 쌓인 눈은 그 깊이를 알 수 없었다. 발은 내딛는 순간 크레바스의 심연으로 빠져들듯 눈 속에 잠기곤 했다. 미끄럽고 가파른 길에선 산비탈 눈 속으로 뛰어들었다. 그러면 엉덩이 눈썰매는 속도가 붙어 나무에 걸려서야 겨우 멈추었다.

눈이 녹았는가 하면 어느새 꽃이 피었다. 부드러운 봄바람이 불기 시작하면 산은 온통 야생화 축제다. 바위 모퉁이에 홀로 핀 작은 꽃은 귀엽다 못해 애달프기까지 하다. 새롭고 깊고 아름다운 산길을 걷는다는 것은 얼마나 행복한 일인지. 시인 박두진의 「청산도」 구절이 가슴을 쳤다.

> 산아, 푸른 산아.
> 네 가슴 향기로운 풀밭에 엎드리면,
> 나는 가슴이 울어라.

산을 오를 때는 한발 한발이 조심스럽다. 친구는 겁이 없고 몸이 날래서, 항상 선두에서 펄펄 날듯이 다녔다. 비슬산의 무리지어 핀 진달래꽃을 보며 감탄했고, 밀려오는 감동을 친구에게 쏟았다. 수많은 산을 다녔고 추억도 쌓였다. 정상 표지석과 함께 찍은 사진은 우리의 산행기록이 되었다. 이제 지리산 종주를 계획하며 산사람이 되어가고 있었다.

어느 날 주흘산을 내려와 문경새재를 걷고 있을 때 한 음식점에서 구성진 노랫소리가 들렸다. '찔레꽃 향기는 너무 슬퍼요 그래서 울었지 목 놓아 울었지'. 친구는 장사익이 부른 〈찔레꽃〉을 좋아했다. 친구는 산에 핀 찔레꽃이 되었을까. 꽃무리를 가만히 보고 있으면 그 하얀 순결함이 친구를 만난 듯했다.

계속 새로운 산만 찾아다니던 우리는 월악산의 새로 개발된 등산

로가 있는 덕주봉을 오르기로 했다. 산은 입구부터가 돌투성이였고 뾰족한 바위들로 막혀 있었다. 산을 안전하게 오르기 위한 어떤 보조시설물도 없었다. 있는 것은 선행자들이 높은 바위를 오르기 위해 가느다란 자일을 설치해놓고 간 것이 고작이었다.

친구는 건너편 암벽 위에 올라, 그 아래 있는 나에게 스틱을 들고 두 팔을 크게 흔들어주었다. 나도 두 손을 흔들며 화답했다. 지금도 그 모습이 눈에 선하다. 환한 얼굴로 두 팔을 흔들던 친구의 모습. 그것이 마지막이었다.

엉금엉금 기다시피하며 커다란 암석 위에 올라가 땀을 닦으며 쉬고 있을 때, 뒤따라오던 대장이 헐레벌떡 나타났다. 산행 선두에서 무전이 왔다며 친구의 사고 소식을 전해주었다. 그리고 더 이상 오지 말라며 앞으로 뛰듯이 사라져갔다. 얼마나 시간이 흘렀을까. 연락을 받은 산악구조대원들이 우리 앞을 지나갔다.

덕주봉은 바위가 많아 헬리콥터장이 없었다. 곳곳에 산불이 일어나 사다리를 내리는 헬리콥터는 그곳에 동원되어 구하기가 힘들다고 했다. 친구는 나에게 손을 흔들던 그 암벽 너머 조금 더 간 곳에서 발을 헛딛고 말았다. 사고 현장으로 가야 할 것 같았다. 친구의 손이라도 잡아주고 싶었다. 그러나 우리는 산 아래 휴게소에서 기다릴 수밖에 없었다.

몇 시간이나 지났을까 서울에서 왔다는 헬리콥터가 덕주봉 위에 나타났고, 친구는 월악산 하늘을 날아올랐다. 다시 깨어나기를 바라는 우리를 두고 그 산을 넘어 영영 가버리고 말았다. 헬기가 조금

빨리 왔다면 생명은 살릴 수 있었을까. 삶과 죽음은 이렇게 어느 순간 문득 갈라져버린다. 난 어찌해야 할 바를 모르고 낯선 병원의 주변을 서성거렸다.

며칠 후, 친구를 다시 볼 수 없다는 막막함을 달래려 영화 〈인디안 썸머〉를 보았다. '늦가을 문득 찾아오는 짧은 여름날을 일컫는 인디안 썸머. 시작과 함께 끝나버린 그 사랑의 시간….' 영화가 좋았는지는 기억에 없다. 영화를 보며 계속 눈물이 흘렀다. 아마 나도 짧았던 시간 친구를 많이 사랑했었나보다.

찔레꽃 지듯 친구는 가버렸다.

한 해 두 해도 아닌
무수한 산행 아득해지고
백설 화려한 난무
달콤한 봄의 산내음
지금도 향기 아련한데
산봉우리 너머 저편 보게 하고
산의 속삭임에 귀기울이게 만든
님은 요술쟁이인가!

언젠가 밝게 웃으며 나에게 건네주던 친구가 쓴 시의 일부분이다.

시간이 흘렀다. 나는 친구가 그렇게 하고 싶어하던 지리산 종주를 했다. 끝없이 이어지던 능선길과 산장에 자주 피어오르던 짙은 안개 속에 친구도 함께 나타났다 사라지곤 했다. 친구가 떠오르면 황동규의 시가 스친다.

> 바람을 생각할 때마다
> 나는 작은 새 하나를 꿈꾼다.
> 고개 들고 하늘을 올려다보면 벌써 보이지 않는
> 그런 얼굴 하나를…

꿈처럼 지나가기를

봄이 이렇게 홀대받다니. 이렇게 찬양받지 못하는 봄도 있었나 싶다. 푸른 싹이 돋고 산수유가 한창이고 그 옆의 매화도 화들짝 피어났다. 물가에 버들이 연녹색으로 물들었다. 남 몰래 진달래가 붉다. TV를 켜면 코로나바이러스와 망가져가는 경제만 있지, 봄소식은 없다. 2020년 봄은 눈치 보듯 우울하게 오고 있다.

답답한 마음에 탄천으로 바람을 맞으러 나왔다. 공원의 봄은 햇살 아래 화사한데 산책나온 사람들은 활기가 없어 보인다. 너나 할 것 없이 마스크를 쓰고 말없이 걷는 사람들뿐. 중국 우한에서 시작된 바이러스 '코로나19'가 우리나라는 물론 세계로 퍼져나가고 있다.

탄천을 걷고 있자니 날개 달린 놈들만 살판났다. 탄천의 주인은 이제 인간이 아닌 것 같다. 비둘기는 자기들끼리 모여 잔치상을 벌였다. 공원엔 풀씨와 열매가 가득하니 먹이 걱정은 하지 않는다. 옛날 가난하던 시절은 기억에도 없다. 사람에게 빌붙어 먹을 것을 눈

치보지도 않는다. 잔디밭에 통통하게 살이 오른 놈들이 모여서 연신 풀씨를 쪼며 고개를 주억거린다. 이젠 사람이 지나가도 피하지 않고 두려움도 없다. 오히려 인간을 비웃기라도 할 것 같다. 비둘기 한 마리가 힐끗 눈을 흘기며 한마디 한다.

"비켜! 밥 먹는데 왜 방해야."

그 곁을 지나는 인간들만 기죽은 모습이다. 한 무리의 비둘기가 바람을 일으키며 사람들 위를 날아간다. 그리고 또 한마디 던진다.

"저 인간들 입 틀어막고 뭐하는겨. 그래도 먹어야 살 텐데…."

비둘기 떼를 피해가며 인간은 또 아는 체를 한다.

"야, 니들이 뭐 알기나 해? 코로나바이러스를…."

비둘기는 눈을 샐쭉하며 무시해버린다.

"지들이 무슨 만물의 영장이라고. 꾸르륵 꾹꾹."

"우리도 한때는 평화의 상징이었다고. 꾸르륵."

콧방귀뀌는 소리 같다.

하긴 새들이 조류독감 무서워한 적도 없고, 돼지가 아프리카돼지열병을 무서워한 적 없다. 언제나 자신의 삶에 당당했다. 자신의 운명을 쿨하게 받아들였다. 인간만 무슨 일이 터지면 벌벌 떨며 구덩이 파서 남의 종족까지 떼죽음 시킨다.

"우린 니들 밥 절대 안 얻어먹어."

관목 숲에서 튀쳐나온 참새 떼들이 재재거리며 우리를 흉보는 것 같다.

메르스가 번질 때는 낙타가 범인이었다. 이번엔 박쥐가 범인이라고 뒤집어씌우더니, 이름도 생소한 천산갑이라고도 한다. 언젠가는 소가 광우병을 일으킨다며 정권까지 뒤흔들었다.

새들은 모두 햇살 아래 명랑하다. 새들의 자유로운 비상이 부럽다. 둔덕의 개나리며 너른 벌판의 황금빛 잔디가 오랜 침묵을 깨고 함성을 치며 솟아나올 듯하다. 물가의 버들강아지가 눈 맞추며 나에게 속삭인다.

"봄 아가씨가 오시는 중이야."

냇물을 따라 산책을 하니 평화로운 풍경에 마음이 가벼워진다. 둘러보니 비둘기만 살이 오른 것이 아니다. 참새도 까치도 물가의 오리들도 모두 통통하다. 물 위를 낮게 날던 백로도 물고기를 낚아채고 여유 있게 식사를 한다. 덩치 큰 잉어도 자기들끼리 모여 꼬리를 흔들며 회의를 하고 있다.

"저 인간들 불쌍해서 어떡혀~."

"글쎄 말이여. 입까지 틀어막고…."

얼마 전엔 새한테 봉변까지 당했다. 손녀딸이 우리 집에 오다가 비둘기인지 까치인지 날것에게 똥벼락을 맞았다. 그래도 인간은 안 좋은 일을 좋은 일로 둔갑시키는 데 선수다.

"똥꿈 꾸면 돈 생기는 좋은 꿈이야. 근데 넌 생시에… 새똥 맞으면 행운이 온대."

난 지갑을 열고 얼른 오만 원짜리 한 장을 꺼내 흔들었다. 찝찝하던 표정의 손녀가 비로소 활짝 웃었다. 똥꿈보다 더 좋은 게 새똥 맞는 거다.

이번의 신종 코로나바이러스는 확산속도가 빨라 중국은 도시를 폐쇄하고 군대까지 동원했다. 우리나라는 신천지라는 이단종교단체가 집단감염을 일으켜 한동안 나라를 뒤집어놓았다. 이제 유럽과 미국이 심각해지고 있다.

놀라운 전염력 때문에 '사회적 거리두기'를 하게 된 사람들은 집 안에 갇혀 언제 끝날지 알 수 없는 고립의 날을 보내고 있다. 일상을 잃어버린 채 공원을 산책하며 부질없는 추억의 조각을 매만지고 있다. 문제는 정작 전염병의 위험보다 그로 인한 공포와 불안이 더 큰 것 같다.

까뮈의 소설 『페스트』는 전염병이 돌며 폐쇄된 오랑이라는 도시에서 일어나는 인간들의 행동과 심리 변화를 밀도 있게 그려놓았다. 어려운 시기에 사람들은 과학에, 미신에, 또는 종교에 의지한다. 소설은 말하고 있다. 인간이 잊지 말아야 할 것은 어느 상황에서든 자신의 본분을 다해야 한다는 것. 그 성실함만이 사회를 지탱하게 해주는 것임을. 지금도 그때와 다르지 않다.

새들은 얼마나 명랑한가. 봄은 얼마나 부드럽게 대지를 물들이는가. 시간이 흐르면 아픔도 잊히듯 이번 사태도 꿈처럼 지나가기를.

음악은 요술피리처럼

해마다 연말이면 베토벤 〈교향곡 9번〉을 듣기 위해 음악회장을 찾는다. 언제부터인가 이 일은 나의 한해를 마무리하는 행사가 되었다. 지상의 길을 가기 위해 지도와 나침반이 필요하듯, 마음의 길을 찾기 위해 나에겐 음악이 필요하다. 때로는 기쁘게 때로는 슬프게 굽이치는 길. 음악은 요술피리처럼 그 수많은 마음의 길로 나를 인도해준다.

우리 가곡 〈그 집 앞〉을 들으면 한 여인을 짝 사랑했던 오빠가 생각난다.

> 오가며 그 집 앞을 지나노라면
> 그리워 나도 몰래 발이 머물고…

한국전쟁 후 피난민시절, 이 노래를 좋아하던 오빠는 얼마나 그

여자의 집 앞을 서성였을까. 이제 이 세상에 없는 오빠는 이북에 두고온 고향이 그리울 때면 '꿈속에 그려라 그리운 고향'으로 시작되는 드보르작의 〈고잉홈〉을 자주 흥얼거리곤 했다. 지금도 그 곡을 들으면 어디선가 낯선 골목길을 돌아 오빠가 집으로 걸어올 것만 같다.

지난 시절 나에게도 외로울 때면 혼자 부르곤 하던 독일 민요가 있다.

소나무야 소나무야 언제나 푸른 네 빛…

조용히 부르고 있으면 어느덧 내 마음이 정화되는 느낌이었다. 〈홈 스위트 홈〉을 들으면 어릴 적에 언니들과 시끌벅적대며 부침개 지져먹고 노래 부르던 시절이 생각난다.

언제부터 음악을 좋아하게 되었을까. 어렸을 때부터 노래 잘 부르는 언니들과 교회의 영향이었던 것 같다. 오디오 시설이 없던 그 시절 우린 세계애창곡집으로 각 나라의 명곡과 우리 가곡을 즐겨 불렀다. 내가 중학교 1학년이 되며 비로소 우리 집에 트랜지스터가 생겼고 나는 가요보다는 클래식을 찾아 듣곤 했다.

대학생이 되며 비로소 전문 음악감상실을 찾기 시작했다. 잊을 수 없는 음악감상실 아폴로, 필하모니, 르네상스 그리고 클래식이 흐르던 명동의 다방 훈목, 학교 앞의 빅토리아, 이삭, 빠리. 이 이름들은 내 청춘의 방황과 슬픔과 위로의 다른 이름이기도 하다. 그 긴 세월을 생각하면 지금도 가슴이 뻐근해진다. 다방마다 음악실마다 각기 다른 얼굴들과 다른 풍경들이 추억 속의 내 젊음에 버무려져 있다.

교직에 몸담고 첫 월급을 타던 날, 나는 종로에 가서 우리나라에 처음 나온 천일사의 별표 전축을 할부로 샀다. 그리고 그 즈음에 나오기 시작한 유명 연주자의 라이선스 레코드판을 한 장씩 모으기 시작했다. 초기에 샀던 것 중에 베토벤의 〈코랄 판타지아〉가 있다. 9번 심포니를 작곡하기 위해 먼저 써보았던 작품이라고 한다. 헤드폰을 끼고 듣다가 나도 모르게 지휘까지 하고 있었다. 엄마가 그 모습을 보고는 한마디 하셨다.

"그게 그렇게 좋니?"

경제적으로 자립하게 된 막내를 대견하게 바라보며 한마디 하시던 그때 정경이 한 컷의 사진처럼 생생하다. 삶이 나에게 준 가장 큰 선물은 음악이 아닐까. 이제는 추억이 돼버렸지만 그때 한 장 한 장 사 모았던 LP판들을 아직도 간직하고 요즘도 가끔 듣고 있다.

음악을 들으며 모든 예술 분야 중 '보이지 않는 것이 가장 아름답다'고 생각해본다. 음악은 보이지도 않고 만질 수도 없는, 청각에 의해서만 느낄 수 있는 예술이다. 가장 추상적이기에 가장 아름다울 수 있지 않을까. 음악이 주는 감동은 곡 자체가 갖는 아름다움, 그것을 표현할 줄 아는 연주 실력, 듣는 사람의 이해와 몰입도에 있다고 할 수 있겠다. 이 세 가지 중 하나라도 빠져서는 그 감동을 진하게 느낄 수 없다.

내가 다시 태어난다면 분위기 좋은 교향악단의 한 단원이 되고 싶다. 단원이라면 독주자가 갖는 부담도 덜할 것 아니겠는가. 현악기의 울림을 사랑하므로 바이올린이나 첼로를 연주하면 더 좋을 것이다. 환한 조명 아래 박수 갈채를 받으며 진지한 자세로 브람스나 모차르트를 연주할 수 있다면…. 아름다운 선율의 항해를 계속해 나갈 수 있다면 얼마나 행복할까. 그러나 좋아하는 음악을 마음껏 부담 없이 누릴 수 있는 지금도 감사할 일이다.

지난 연말 정명훈의 지휘로 예술의전당에서 베토벤의 〈교향곡 9번〉을 들으러 갔을 때 생각이 난다. 음악회장을 찾다보면 가끔 아는 얼굴들을 만나게 된다. 그날 로비에서 만났던 얼굴. 대학시절 음악감상실을 다닐 때 많이 보던 사람이었다. 그때도 그는 다리를 절고 있었고, 음악 속에서 살던 사람이었다. 콘서트장으로 들어오니 마침 그 사람은 나보다 두 칸 앞에 자리잡고 있었다. 아, 그렇게 그는 요술피리가 되어 내 마음의 길을 안내하고 있었다.

도입부터 예사롭지 않은 긴장 속으로 우리를 밀어넣어 끊임없이 살아온 날들을 돌아보게 하는 곡. 베토벤의 운명을 거스르는 의지의 파동이 마침내 나에게도 전이되는 곡. 이 음악에 빠져 있으면 흘러간 세월이 파노라마처럼 스쳐간다. 3악장을 들을 때, 내 젊었던 시절의 아련한 슬픔이 묻어나오며 눈물이 볼을 타고 흘러내렸다. 이 놀라운 음악의 힘이라니. 청력상실의 고통 속에서 가혹한 운명을 불굴의 의지로 이겨낸 베토벤은 〈4악장〉에서 비로소 인간승리와 환희를 노래할 수 있었다. 지금도 실러의 시로 작곡된 그 합창이 들리는 듯하다.

환희여, 아름다운 신의 광채여, 낙원의 딸들이여

우리 모두 정열에 취해 빛이 가득한 성소로 들어가자!

가혹한 현실이 갈라놓았던 자들을 신비로운 그대의 힘으로 다시 결합시키는도다.

그리고 모든 인간은 형제가 되노라. 그대의 부드러운 날개가 머무르는 곳에…

그에게 반했다

수많은 봄이 오고 또 갔다. 봄마다 처음인 듯 피어나는 놀라운 꽃. 이 봄에 그를 만났다. 어쩌면 그동안 무심히 지나쳤을지도 모른다.

지난 늦가을 탄천 곁으로 이사와 매일 그곳을 산책한다. 봄이 되어 누렇게 바랜 잔디 사이로 파란 싹이 고개를 내밀더니, 드디어 작은 꽃들이 피기 시작했다. 사랑스럽고 대견해 가만히 앉아서 한참을 바라보았다. 봄까치꽃, 냉이꽃, 꽃다지, 꽃마리….

이제 탄천의 넓은 잔디와 물가엔 물감을 흩뿌려놓은 듯 원색의 꽃이 한창이다. 들꽃은 자기 자리가 따로 없다. 힘자라는 대로 뻗어나가 서로 어깨를 맞대며 자연을 합창하는 것 같다. 바람에 춤을 추듯 흔들리는 모습이 싱그럽다.

어느 날 그 꽃을 처음 만났다. 어쩌면 처음이 아닐지도. 그러나 무심히 지나치는 것과 눈을 맞추는 만남은 다르다. 초록의 가느다란 줄기에 피어나는 홍자색 꽃. 작고 보잘것없더니 시간이 지나 줄기가 뻗어가며 존재감을 드러내기 시작했다. 어린 아기가 그 꽃을 따서 함께 온 할머니 할아버지에게 자랑삼아 내밀더니 지나가는 나에게도 보여주었다. 아기도 예쁜 색깔의 꽃이 보기 좋았나보다.

사진을 찍어 야생화를 잘 아는 친구에게 이름을 물어보았다.

"살갈퀴꽃이에요."

산책하다가 눈에 띄는 이름 모를 꽃을 보면 친구에게 묻는다.

"새 순은 먹기도 한다네요. 여물지 않은 열매 꼬투리도…."

처음 들어본 이름이었다. 나는 그의 곁으로 가서 이름을 불러주었다.

"살갈퀴, 네 이름이 살갈퀴란다."

비로소 그는 나에게로 와서 의미 있는 꽃이 되었다. 꽃은 바람에 몸을 흔들며 즐거워했다. 길쭉한 작은 잎이 서로 어긋나게 쌍으로 예닐곱 개 달리며, 여린 가지 끝은 세 갈래로 갈라져 덩굴손이 되었다. 덩굴손이 갈퀴처럼 주변 식물을 죽이며 번져서 살갈퀴란 이름을 얻었을까. 꽃도 덩굴손도 연약하기 짝이 없는데…. 사람들은 자기 이름이 마음에 안 들면 바꾸기도 하는데 이름을 바꿔주고 싶었다. 우리 전래의 잡초들 이름은 예쁘지 않은 게 많다. 개망초도 며느리밑씻개도. 초봄부터 피어난 귀여운 봄까치꽃도 원래 큰개불알풀이라 불리었다.

살갈퀴는 산책 나온 사람들이 보아주지 않아도 그 싱싱한 잎을 쑥쑥 키우며 홍자줏빛 꽃을 피워냈다. 작고 밝고 맑은 꽃은 잎과 줄기 사이 겨드랑이에 피어나 수줍어 보였다. 다른 꽃들은 머리를 들고 제일 돋보이는 곳에 왕관처럼 피어나는데, 살갈퀴는 사랑하는 사람에게만 보여주려고 옆구리에 꽃을 감추었을까. 아무리 감추어도 드러나는 향기. 나에게도 언제 그런 시절이 있었을까. 존재만으로 숨길 수 없는 향기를 지녔던 적이.

이름을 불러주고 관심을 갖기 시작하자 유달리 꿀벌이 그 꽃의 주변을 자주 들락거리는 게 보였다. 검지 손톱 반 정도 크기로 홍자색 하트 모양의 꽃잎 한 장과 그 가운데 더 작은 꽃잎 한 장을 품었다. 마치 아주 작은 한 마리 나비 같았다. 꽃 두 송이 달린 줄기를 한 가지 꺾어 작은 병에 넣고 책상 위에 놓았다. 다음날 다시 보니 밤사이 꽃잎을 오므리고 있었다. 꽃이 질 때도 이렇게 얌전히 지다니. 꽃잎이 닫혀 있는 모습조차 귀여웠다.

원시 그대로 보기 좋은 야생화가 봄 들판에 아름답다. 화단의 꽃이야 자신의 자리를 차지하고 사람들이 돌보아주어 별 풍파 없이 꽃을 피워낸다. 특별한 아름다움과 향기를 지니고 사람에게 선택된 꽃이다. 그러나 잡초가 피워낸 꽃들은 보잘것없는 것 같아도 자세히 들여다보면 모두 예쁘다.

꽃이 왜 좋을까. 고유한 향기와 형태, 색채의 아름다움이 느껴져 우리 눈이 즐겁기 때문이다. 꽃이 지고 열매 맺으며 우리 조상 때부터 그 고마움에 익숙해왔기에 좋은 것이다.

비바람 불던 어느 날 살갈퀴는 여린 몸을 지탱하지 못하고 모두 쓰러져 있었다. 한 생명으로 살아가기가 그리 쉽지만은 않다는 것을 그는 몸으로 알고 있었다. 안간힘으로 다시 일어서리라. 갖은 풍파를 견디고 살아남아 파란 하늘 바라보며 다시 꽃 피우고 생을 찬양할 수 있을 것이다. 사람이 사는 것이나 들풀이 사는 것이나 무엇이 다르랴. 힘들어도 견디어야 하는 것을 견디어내는 것. 모든 생명은 역경을 이겨나가며 꽃 피우고 열매 맺는다는 것을 가르쳐주고 있었다.

살갈퀴꽃. 남들은 길가에 자라는 잡초라고 눈길도 주지 않지만, 나는 그 아름다움에 이끌리어 사랑하는 사이가 되었다. 이름도 거칠고 들풀 속에서 어깨를 비벼대며 자신의 생명을 이어가지만, 옆구리에 홍자줏빛 꽃을 감추고 나에게 구애하는 것을 보았다. 산들산들 부는 바람에 덩굴손 흔들며 나를 부르는 꽃빛을 보았다.

어느 생명이든 최고의 날들이 있을 것이다. 집에 와서도 그 싱그러운 모습 떠나지 않으니, 누구나 찬란함으로 존재가 피어날 때 그 고유한 아름다움을 놓치면 안 될 것 같다. 사람도 마찬가지다. 그가 나에게 다가와 잊을 수 없는 꽃으로 피어난 것처럼, 나도 누구에게 향기로 남을까.

별을 헤던 사람

대학교 2학년이던 겨울, 농촌계몽을 갔을 때이다. 내가 누구에게 무엇을 계몽할 자격이나 될까. 그러나 프로그램 따라 일주일을 때우면 3학점이 나온다니 학점관리 차원에서 간 것이다.

경기도 이천에 있는 작은 농촌이었다. 그 당시 농촌은 가난했고 쓰러져가는 초가지붕도 많았다. 우리나라가 새마을운동을 막 시작하던 시기였는데 나는 청소년모임인 4H클럽을 맡게 되었다. 그곳에서 무얼 했는지 지금 생각나는 것은 없다. 그러나 훤칠한 키에 우수어린 눈빛의 청년 한 사람은 잊을 수 없다. 커다란 두 눈에 별빛을 가득 담고 있던 아름다운 청년. 처음 본 순간 그에게서 오랫동안 눈을 뗄 수 없었다.

내 대학시절은 결핍의 시기였다. 어렸을 때는 학교와 집을 오가면 되었지만 대학의 무한한 자유는 오히려 내 정신을 구속하고 방황하게 했다. 주로 도서관에서 책을 읽거나 근처 다방에서 음악을 듣는 것이 수업 후의 일과였다. 젊음은 무언가 극복해야 할 것들로 가득 차 있었다. 그런데 학점을 따기 위해 간 농촌에서 나보다 더 정신적 허기로 힘들어하는 그 청년을 만났던 것이다. 가난한 농촌에서 그는 진학을 못하고 집안에서 농사일을 돕고 있었다.

그 시절엔 농촌에 가로등이 없었는데 4H모임이 끝나면 칠흑 같은 밤길을 숙소까지 걸어야 했다. 그때 그 청년이 밤길을 동행해주었다. 가는 길엔 눈 내린 들판과 불빛도 없는 집들이 드문드문 보였다. 우리가 걸을 때면 하늘엔 별빛이 쏟아질 듯 가득했다. 우린 현실과 동떨어진 얘기만 했다.

"저기 북두칠성이 보이네요."

"지구는 별이 아니래요. 스스로 빛을 낼 수 있어야 별이라 하는데 지구는 태양별 주위를 도는 행성, 그러니까 별 찌꺼기라 할 수 있지요."

얼어붙은 논두렁 밭두렁을 지날 때면 자연스레 손도 잡아주고 어깨도 스쳤는데 그 느낌이 따뜻했다. 별 얘기만 나오면 그는 많은 이야기를 쏟아냈다.

"우리에게 가장 가까운 별은 알파 센타우리로 4광년 이상 떨어져 있대요. 빛의 속도가 1초에 지구 일곱 바퀴 반을 도니까…."

목소리의 떨림을 느끼고 바라본 그의 눈은 별빛으로 물들어 있었다. 가슴이 쓰려왔다. 왈칵 품에 안고 그의 아픔을 위로해주고 싶었지만 그건 마음뿐이었다. 내가 대학에 별 의미를 느끼지 못하고 있을 때, 청년은 현실에서의 결핍을 손이 닿을 수 없는 별의 세계에서 위로받고 있는 듯했다.

뛰어넘을 수 없는 현실의 벽에 얼마나 많은 날들을 괴로워했을까. 밤하늘의 별자리를 찾으며 이룰 수 없던 꿈을 품게 되었나보다. 언젠가 다시 공부를 하겠다고 했다.

"천문학을 하고 싶어요."

그는 천천히 한마디 한마디에 힘을 주어 말했다.

내가 만일 앞뒤 재지 않고 첫눈에 반한 사람과 달아날 용기가 있었다면 나의 운명은 많이 달라졌을 것이다. 아마도 지금쯤 넓은 농장을 가꾸고 별을 헤이며 같이 늙어갈 수 있었을지도…. 그러나 그것은 별처럼 닿을 수 없는 꿈이었다.

일주일 후 나는 그곳을 떠나왔다. 헤어지던 날 그의 눈빛은 밤하늘보다 더 깊었다. 다시 그를 볼 수 있을까. 학교로 돌아와서도 한동안 별을 헤던 그 청년이 생각났다. 간절한 마음으로 꿈을 잃지 말라고 편지를 보낸 기억이 난다. 그리고 차츰 잊혔을 게다.

He was Beautiful,
Beautiful to my eyes
From the moment I saw him
Sun filled the sky.

영화 〈디어헌터〉에 나오는 카바티나. 클레오 레인이 부른 이 노래를 들으면 그 청년과 내 젊은 날이 떠오른다. 그는 아름다웠다!

워즈워스와 피아노 치는 할아버지

여행 중 영국 낭만주의 시인 워즈워스의 고향인 레이크 디스트릭트에 도착했다. 잉글랜드 북서부에 있는 국립공원 지역이다. 경치가 아름답다는 호수마을 윈더미어를 둘러보기 위해 관광버스를 탔다. 가끔씩 차를 세운 곳에서 호수를 끼고 있는 수려한 경관을 볼 수 있었다. 낮은 언덕과 호수가 아름답게 어우러진 곳이었다.

오랫동안 산을 오르고 여행을 다녔지만, 도시를 벗어나 자연 속에 있을 때 가장 마음이 편하고 순수해지는 것 같았다. 워즈워스도 자연이야말로 '바람직하고 선한 모든 것'을 얻게 한다고 생각했다. 그에게 자연 속의 꽃은 겸손과 온유의 상징이었다. 자신이 경험한 아름다운 이미지는 마음에 새겨져 어려움에 처할 때 극복할 수 있는 힘을 준다고도 말했다.

잠시 들른 곳 중에 작은 표지판 하나 있는, 선사시대 서클 형태의 거석문화유적이 있었다. 사람들 몇이 바위 옆에서 사진을 찍고, 양

몇 마리 햇살 아래 풀을 뜯고 있었는데 마치 시간이 정지된 장소 같았다. 순간 나의 시간도 멈춘 듯 오랜 침묵처럼 깊은 상념에 빠져들었다. 이곳을 오고갔을 옛 사람들이 시간을 초월해 우리와 연결 될 것 같은 고즈넉하고 신비로운 분위기였다. 옛 선조들이 그러했듯, 워즈워스가 그러했듯, 우리도 세월 속에 작은 먼지와 같은 시간을 살다갈 뿐인 것을….

호수가 보이는 카페로 갔다. 커피와 맥주를 시키고 앉아 오랜만의 한가로움을 즐기고 있는데, 머리가 하얗게 센 할아버지가 천천히 우리 쪽으로 걸어오고 있었다. 얼굴은 갸름하고 몸매는 마른 편이었는데, 동네 아저씨들이 입는 평범한 베이지 점퍼와 고동색 바지를 입고 있었다. 다리가 불편한지 발목에는 플라스틱 의료기구도 차고 있었다. 그는 우리 좌석 앞 쪽에 있는 그랜드 피아노로 다가가더니 피아노를 슬쩍 만져보기도 하고, 뚜껑도 살짝 열다가 도로 닫아놓았다.

카페의 주인이라기엔 행색이 좀 초라해보이고, 더구나 피아노를 연주하러 온 분위기는 아니었다. 그는 피아노 옆에 있는 중앙 기둥을 천천히 한 바퀴 돌아 다시 피아노 쪽으로 가더니 그 앞에 섰다. 이 노인네가 뭐하려나 궁금해서 바라보고 있는데 드디어 그랜드 피아노 앞에 앉는 것이었다. 그리고 조용히 뚜껑을 열더니 손으로 부드럽게 건반을 어루만졌다. 다정한 연인을 대하듯이. 잠시 호흡을 고르더니 연주를 시작했다. 부드럽고 탄력 있게 연주하는 노인의 모습은 비록 평범한 점퍼 차림이었지만 연미복을 입은 어떤 연주자보다 더 멋있어 보이기 시작했다.

생각지도 못한 서프라이즈 선물. 평생 피아노를 연주해온 노인의 경력이 그의 등에서 느껴졌다. 쇼팽이었던가. 생음악이 주는 감미로움이 카페 전체를 감싸고, 여행으로 고단했던 몸과 마음이 따뜻해지기 시작했다. 아름다움을 향한 몰입의 순간이었다.

연주를 끝내고 그가 일어섰을 때 우리는 박수와 함께 브라보를 연이어 외쳤다. 우리의 미적 감각은 보는 것보다 듣는 것을 통해서 더 예민해지는 듯. 노인은 천천히 고개를 숙이고, 미소를 지으며 우리를 지그시 바라보았다. 비로소 그 미소에서 그가 살아온 인생을 읽을 수 있을 것 같았다.

몸이 불편한 그는 천천히 집으로 가서 차를 한 잔 마시며 쉴 것이다. 그리고 젊은 날 그러했듯이 백발이 된 지금도 가끔 피아노 앞에 앉아, 오랫동안 즐겨오던 노래를 부르기도 하겠지. 비록 세월이 많이 흘러갔어도 음악의 감동은 변함없이 할아버지의 가슴을 적실 것이다. 저녁식사 후 같이 늙어가는 할머니와 산책을 나가 저물어가는 호수를 바라볼지도 모른다.

시인 워즈워스가 찬양한 '인간이 발견한 가장 아름다운 곳'이라는 윈더미어 호숫가에서 오래오래 할아버지의 피아노 소리가 들리기를 기도하였다.

폭풍의 언덕을 가다

소설 『폭풍의 언덕』을 읽으면 브론테 자매가 살던 고향에 한번쯤 가보고 싶어진다. 대체 어떤 곳이기에 자매들이 짧은 생애에 그토록 뛰어난 작품을 쓸 수 있었을까. 주인공 캐서린과 히스클리프의 열정, 그 위험한 집착이 요크셔의 음산한 날씨와 어울릴 것 같았다.

에밀리 브론테가 구상한 캐릭터 히스클리프는 단 하나의 사랑인 캐서린을 못 잊어 죽음에 이르기까지 집착하는 음울하고 잔인한 성격이다. 그 배경엔 그를 은유하는 요크셔 지방의 황량함이 있다. 소설은 곳곳에 그곳 날씨를 상세하게 묘사한다. 그러나 비바람 몰아치는 거친 땅에도 종달새 울고 히스 꽃도 피어난다.

"저 언덕 무성한 히스 속에 한번 뛰어들면 틀림없이 정신이 날 텐데."

캐서린은 죽어가면서도 찬바람 부는 날씨에 창문을 열어달라고 한다. 히스클리프는 그런 캐서린을 보며 절규한다.

"제발 당신을 볼 수 없는 이 지옥 같은 세상에 나를 버리지만 말아 줘. 아! 견딜 수가 없어! 내 생명인 당신 없이는 못 산단 말이야! 내 영혼인 당신 없이는 난 살 수 없단 말이야!"

아마도 소설 속 자유분방한 캐서린은 에밀리 브론테의 분신이었을지도 모른다. 그녀는 남자 주인공 이름에 자신이 좋아하던 꽃 히스를 붙여주었다. 히스클리프Heathcliff. 두 주인공의 절망적인 사랑은 벼랑에 피어난 히스이다.

잉글랜드의 웨스트 요크셔에 위치하는 작은 마을 하워스. 친구들과 찾아갔을 때, 그곳은 이제 세계인들이 찾는 관광지로 한 마을이 형성되어 있었다. 그러나 다른 여행지에 비해 작고 초라한 편이었다. 비탈진 언덕에 자리잡고 있었는데, 목사관 뒤쪽은 에밀리 브론테가 소설을 구상했음직한, 아마 그 당시엔 히스가 만발한 황무지였을 것이다.

지금은 양을 기르는 초지가 되어 있고, 그 옆 이층집엔 'Heathcliff 33-47'이란 문패가 보였다. 소설 속의 히스클리프는 마치 그 지역에 살고 있는 실제 인물처럼 여겨졌다. 그곳은 소설을 쓸 때만 해도 그가 말을 타고 와서 기웃거릴 만한 거친 언덕이었을 터이다. 그리고 나이 서른에 죽어간 에밀리는 그런 남자를 기다리고 있었을지도 모른다. 우리가 갔던 날도 우중충한 날씨에 비까지 뿌렸다.

브론테 자매들은 1820년 성공회 목사였던 아버지를 따라 창밖으로 교회 묘지가 보이는 그곳 목사관에 살게 된다. 어머니를 일찍 여의고 어려운 환경에서도 문학적 재능을 키워나갔던 자매들. 목사관과 기념관에는 생전에 사용하던 그들의 유품이 고스란히 전시되어 있었다. 자매들이 어떤 환경에서 글을 썼을까 충분히 짐작할 수 있었다.

이번 여행은 히스 꽃이 만발한 팔월 말쯤에 갔다면 더 좋았을 것이다. 음산한 날씨에 여행길을 따라 트래킹을 해보았다면 아마 소설이 더 실감났을 것이다. 그리고 내 나이가 삼십대였다면 자매들의 문학적 열정에 깊이 빠져보았을지도 모른다.

젊은 나이에 불후의 명작을 남기고 요절한 자매들. 그들에 비하면 안락하고 평범한 인생을 살 수 있었던 내가 다행스럽기도 하다. 그러나 사람은 불꽃같이 타오르고 싶을 때도 있는 법이다. 이제 모든 격정의 시기를 지나 가슴보다 머리로 세상을 보며, 사람마다 자신의 몫이 있다는 생각을 하게 된다. 그들이 있어 내 인생이 조금은 더 풍요로워질 수 있음에 감사하고 싶다.

바람 부는 황량한 언덕에 무더기로 피어나는 연보랏빛 히스 꽃을 좋아했고, 시적 감수성이 뛰어났던 에밀리는 궁벽한 시골마을에서 진정한 자유를 갈망했다. 그러나 책 한 권 남기고 폐병으로 요절한다. 그녀의 마지막 침상에 언니 샬롯 브론테는 들에서 따온 히스 꽃을 한아름 안겨주었다고 한다.

샬롯 브론테의 『제인 에어』, 에밀리 브론테의 『폭풍의 언덕』, 앤 브론테의 『애그니스 그레이』. 이 세 자매가 쓴 소설은 빅토리아시대의 영문학을 대표하는 고전이다. 가난한 마을에서 문학적 재능이 있던 자매들이 서로를 북돋우며 썼을 이야기들. 그들의 소설은 요크서 황량한 들판에서 창조해낸 보석이다.

신은 자연을 만들고, 예술가는 그곳에 혼을 불어넣는다는 말은 맞는 말이다. 하워즈가 아름다운 것은 그 풍광 속에 자매들의 애틋한 이야기가 담겨 있기 때문이다. 그곳은 아직 증기기관차가 다니고 있었다. 우린 흰 연기를 뿜어내는 기차를 타고 애잔한 마음이 되어 하워즈를 떠났다.

먹는다는 것

여행의 즐거움 중에는 색다른 음식을 먹어보는 일도 있다. 영국을 여행할 때 비엔비b&b에서 아침에 나온 식사는 빵과 계란, 베이컨, 소시지 등이었다. 약간의 콩이나 야채도 곁들여졌다. 보기도 좋고 맛도 있지만 한 주일쯤 지나자 느끼해지기 시작했다. 여행 중, 항상 맛있게 먹은 것은 스프였다. 감자나 토마토를 넣어 만든 걸쭉한 스프는 빵 한 조각만 있으면 한 끼 식사로 충분했다.

'보기 좋은 게 맛도 좋다'는 말도 있다. 음식을 어떤 그릇에 담아내느냐에 따라 똑같은 맛도 그 느낌이 다르다. 식자재의 다채로운 색상과 요리 솜씨는 음식을 먹는 것 이상의 예술적 표현수단으로까지 발전시켰다.

영국엔 오후의 전통적인 생활문화로 자리잡은 애프터눈 티가 있다. 이젠 세계적으로 퍼져나갔지만, 원래는 영국 귀족들이 사교를 하며 즐겼던 티타임이었다고 한다. 요크에 갔을 때 애프터눈 티로 유명한 베티하우스에 가보았다. 계단까지 이어진 긴 줄에 서서 기다리다가 마침내 자리를 잡았다.

황금빛 홍차가 담긴 은빛 반짝이는 주전자와 고급스런 찻잔. 3단 트레이에 놓인, 보기에도 예쁘고 먹음직스런 샌드위치와 스콘, 마카롱이 눈과 입을 즐겁게 했다. 보기 좋은 음식을 앞에 두면 어김없이 하는 의식이 있다. 기도처럼. 한 친구가 휴대폰을 꺼내 사진을 찍으니, 전염되듯 저마다 꺼내들고 진지하다. 조용히. 너도 한 컷, 나도 한 컷. 아멘.

영국 여행 중 한국식당은 못 보았다. 가끔 일식집을 만나면 반가웠다. 여러 종류의 영국 요리를 먹어보았지만 시간이 지날수록 된장찌개나 순두부찌개 같은 우리 음식이 그리워졌다. 편식하지 않고 골고루 잘 먹는 편인데도, 외국에 나가 서양 음식을 오래 먹다보면 질리는 것은 어쩔 수 없다.

런던에 있을 때 헤롯백화점 길 건너에 있던 레바논식당이 기억에 남는다. 요리법과 소스가 다르니 맛도 새로워서 좋았다. 젊은 시절 좋아했던 작가 칼릴 지브란의 나라라는 이유만으로 더 정이 갔다. 부드러운 카리스마와 예술성이 마음을 울리던 그런 한때가 있었는데….

중세 도시 요크의 성곽을 따라 걷다가 강가로 내려가 벤치에 앉았는데 오리들이 많이 보였다. 한 마리를 손짓으로 부르니까 살찐 오리가 뒤룩뒤룩 계단을 올라와 내 앞에 서는 것이 아닌가. 가지고 있던 비스킷을 조금씩 떼어주니 커다란 주둥이로 콕콕 쪼아서 맛있게 먹었다. 다 먹고 쳐다보면 몇 번이나 다시 떼어주었는데, 나중엔 내 다리를 쿡쿡 치며 더 달라고 졸랐다. 없다고 손사래를 치니 떨어져 있는 가루까지 열심히 쪼아먹고 나를 쳐다보며 또 미련을 버리지 못하는 것이었다. 그래도 안 주니까 결국 단념하고 동네 아줌마처럼 엉덩이를 씰룩거리며 돌아갔다. 다른 곳에 가서 새로운 오리를 만나면 주려고 한 개를 남겨두었는데 결국 못 주고 호텔로 돌아와 쓰레기통에 버렸다. 말이 좀 그렇긴 하지만 우리 옛 말에 '아끼다 똥 된다'는 말이 틀림없다. 달라던 그때 못주고 버린 게 마음에 걸렸다. 어디 오리에게 뿐이랴.

뭘 아낀다고, 무슨 다음 기회가 있다고. 원하면 주자. 원하는 그때 주자. 남는 비스킷이 있다면 필요한 사람, 절실한 사람에게 나누자. 그게 나에게 결정적인 것만 아니라면 말이다. 세상의 모든 생명은 살기 위해 힘겹게 먹이를 찾는다. 지구상엔 배부른 사람보다 굶주리는 사람이 더 많다. 인류 불평등의 문제다. 마음껏 먹을 수 있다는 건 큰 축복임에 틀림없다. 그러나 인간의 욕심은 끝이 없고 그것은 끝내 화가 될 수밖에 없다.

그대들, 대지의 향기로만 살 수 있다면 얼마나 좋으랴.
그러나 그대들 먹기 위해 죽이지 않으면 안 되고,
갈증을 풀기 위해 어미젖을 갓 태어난 새끼에게서
빼앗지 않을 수 없으나,
그것은 예배를 위한 행동이 되게 하라.

먹는다는 것. 그것이 예배가 되게 하라던 칼릴 지브란의 오래된 경구가 내 뒤통수를 툭 치고 있었다.

제4장

나의 글쓰기를 생각한다

성 바실리 성당! 동화 속의 왕자와 공주가 사는 성이라면 알맞을 것 같았다.
크고 작은 돔들이 빨강, 노랑, 초록의 알록달록한 색과 형태의 향연을 벌이고 있었다.
—「황금지붕 성당과 바실리 성당」 중에서

■

나의 글쓰기를 생각한다

태풍이 지난 후, 오랜만에 탄천길을 걸어보고 싶었다. 작은 백팩에 책 한 권과 물 한 병도 넣었다. 오롯이 한가로움을 즐기며 목적 없이 걸어보자고 나선 길이었다. 이른 시간부터 걷는 탄천길은 지난 밤 내린 비로 비릿한 풀 내음이 훅 끼쳐왔다. 용인에서 시작하여 한강까지 이어지는 수십 킬로의 탄천공원길은 분당의 허파나 다름없다. 예전엔 자전거를 타고 서울까지 달리곤 했는데 이제 그것도 지난 일이 되어버렸다. 그냥 걷는 것으로 족하다.

이번에 세 번째 책, 그림이 있는 여행 에세이집 『사소하지만 소중한 꿈』을 엮어냈다. 여행을 하며 겪었던 일을 에피소드 중심으로 썼고, 내용에 맞는 펜화를 섬세하게 그려넣었다. 각기 따로 해오던 글쓰기와 그림을 하나로 통합했으니 나로서는 의미 있는 일이었다. 이제 뒤풀이도 끝냈다. 오래 잊고 있던 '걷는다는 것'의 즐거움을 느낄 수 있었다.

탄천길이 좋은 것은 언제든지 둑 위로 올라와 번화한 도심을 즐길 수 있다는 점이다. 한낮의 햇살 속을 걸어가다가 서현동에서 탄천을 벗어났다. 아파트촌으로 들어가 오래 못 보던 옛 문우를 잠시 만났다. 여전히 편의점을 운영하며 글도 쓰고 있었다. 잠간 사이 세상도 사람도 변하던데 이렇게 변함없이 글을 쓰고 일을 하는 문우가 보기 좋았다.

우리는 왜 글쓰기를 그만두지 못하는 것일까. 습관이 된 글쓰기는 중독성이 있다. 나의 글쓰기는 주변에서 느낀 작은 감동을 기록하는 일로부터 시작되었다. 자신을 끊임없이 돌아보며 확인하는 일이기도 했다. 어쩌면 사람에게는 기록하지 않으면 못 견디는 내적 충동이 있는 것은 아닐까. 언젠가 이집트를 여행하며, 어두컴컴한 동굴 속, 왕들의 무덤에 빽빽이 그려진 그림과 수많은 상형문자를 보며 생각했다. 인간은 무엇인가 기록으로 남기고 싶은 충동에 의해 문자가 나왔고 문화를 발전시킬 수 있었다고.

서현동엔 교보문고와 영풍문고가 서로 가까운 곳에 있다. 먼저 교보문고에 들러보았다. 새로 나온 수많은 책들이 매대와 책꽂이에 진열돼 있었다. 그들은 반짝이는 화장을 하고 나에게 말을 걸고 있었다.

“저를 선택해주세요. 저요~”

“저를 읽어보면 부자가 될 수 있어요.”

“저는 인문학에 대해 말해볼게요.”

자신의 얼굴을 돋보이려 애쓰듯, 책 표지는 특색 있는 디자인으로 치장하고 선택을 기다리고 있었다. 언제 사라질지 모르지만 그 순간만은 가장 빛나는 모습이었다. 도서관 서가에 꽂혀 있는 고풍스럽고 무게감 있는 책들과는 분위기가 달랐다. 조금은 낡고 사람의 손때가 묻어 있는 도서관의 책, 그래서 더 정이 가지 않던가. 서점의 새 책들도 얼마 지나지 않아 제각기 가야 할 길을 갈 것이다.

간단히 점심을 먹고 영풍문고에 들러보았다. 새로 나온 내 책이 서가에 꽂혀 있었다. 그러나 사이즈도 작은 편이고 두껍지도 않은 책이 책장에 꽂혀 누구의 눈에 띌까. 정성이 담긴 내 펜화가 90여 점이나 들어가고, 두 곳의 문화재단에서 나름 거액의 지원금도 받은 작품이라고 의미를 두었지만 그런 건 아무것도 아니었다. 연예인이나 유명인이나 베스트셀러 작가의 책만 매대에서 존재감을 뽐내며 진열돼 있었다.

그 가득한 책들, 매일 수백, 수천 권씩 쏟아지는 책의 홍수 속에 내 책은 초라한 모습으로 서 있었다. 한 친구는 내 책이 서가에 보이지도 않게 꽂혀 있는 게 안타까워 앞으로 쑥 내밀어놓았다고 해서 웃었다. 친구들이 열 권, 스무 권씩 사서 지인들에게 선물했다는 소리를 들으면 흐뭇했다. 그래도 가족과 문우들에게 책을 돌리고도 서점과 인터넷에서 수백 권이나 팔려 인세도 받았다며 자랑했다.

친구들이 사랑해주었듯, 나를 모르는 누군가도 내 책을 즐겨 읽었으면 좋겠다. 읽고 문득 그곳으로 여행하고픈 충동을 느낀다면 좋겠다. 또 내 그림을 보며 펜을 들고 그림을 그리고 싶다고 생각하면 좋겠다. 더 바라기는, 책에 담긴 내 영혼의 고백을 들으며, 그의 인생관에 조금이라도 영향을 줄 수 있다면 더 바랄 게 없겠다. 그래, 내가 쓴 책이 어느 집 책꽂이에 셰익스피어나 사르트르와 어깨를 나란히한다는 생각만 해도 흐뭇하다. 내가 기증한 책이 도서관의 고풍스런 서가에서 독자를 기다리며 점잖게 침묵하고 있다는 생각도 즐겁지 않은가.

사실, 내가 얼마나 치열하게 글을 써보았을까. 부끄러운 일이다. 내가 간직하고 싶은 삶의 문학적 성찰들이니 나의 이웃과 그 의미를 나눌 수 있다면 그것으로도 감사한 일이다. 서점을 벗어나 다시 탄천길을 걸었다. 책은 잠시 서점에 꽂혀 있다가 언젠가 사라질 것이다. 여행하며 걸었던 길을 끊임없이 되새김하여 책 한 권으로 펴내고, 내 그림까지 담아냈으니 그것으로 족하다.

집에 돌아오는 길에 어둠이 내리고 있었다. 변화는 주어지는 것이 아니라 자신이 만들어가야 한다. 나의 글이 끝없는 상상의 날개를 타고 날아오를 수 있다면 좋겠다. 더 성장해가는 글쓰기를 하고 싶다.

알 수 없는 그리움

나른한 오후 라디오에서 음악이 흐른다. 신비한 천상의 소리인 듯. 까닭 없이 가슴이 멘다. 이 세상에서 아직 다가가본 적 없는, 그러나 어디엔가 분명 존재할 것 같은 세계. 내가 꿈꾸어오던 그리움의 본향일까. 나에게 음악은 그리움의 실체이거나 아니면 적어도 그곳에 도달하는 길인지도 모른다.

젊은 시절 헤세의 『데미안』을 읽으며 그런 친구를 그리워했다. 더 높은 세계로 날아갈 수 있게 이끌어주는 친구를. 그동안 많은 사람들과 관계 맺으며 살아왔지만 내면의 깊은 갈망을 채울 수는 없었다. 사람과의 관계는 항상 불완전했고 세월에 의해 변질되고 말았다.

그러나 아직도 나는 꿈을 꾼다. 그리움의 정체조차 모르면서 말이다. 그것은 내가 이룰 수 없었던 막연한 동경이었을까. 알 수 없는 세계에 대한 그리움이었을까. 아니면 내면에서 들려오는 아름다움에 대한 꿈이었을까.

창박 광교산 너머로 지는 해를 바라보며 한영애의 노래를 듣고 있다. 몽환적인 분위기의 그 목소리는 하늘빛과 잘 어울리며 나른한 오후에 울림을 더하고 있다. 하늘로 새가 날고 있다. 나도 날 수 있을까. 눈을 감고 두 팔을 저어본다. 어느덧 그리움 따라 산 너머 노을 속으로 날아오른다. 아, 그러나 눈을 뜬 순간 창문 옆 베란다 선반이 눈에 들어온다. 바구니에 담겨 있는 붉은 망 속의 마늘이며 양파가 하늘빛과 묘한 대조를 이루고 있다. 마치 이제 꿈 깨고 현실을 직시하라는 듯. 꿈과 현실은 항상 이렇듯 부조화를 이루고 있다. 내 그리움의 실체가 비현실적이듯.

저녁 산책을 하기 위해 집을 나선다. 다정한 지구마을에 불이 켜지기 시작하면 하늘빛은 점점 더 깊은 청색으로 변해간다. 어두워갈수록 자신을 숨기고 주변을 바라볼 수 있다. 내 존재의 호흡을 고스란히 느껴볼 수도 있다. 밤이 되며 깊어진 하늘 위로 별빛이 흐른다. 공원의 숲과 벤치와 운동기구들, 저 멀리로 아파트 창문마다 켜진 작은 불빛들. 숲 속을 걸으며 하늘을 올려다보면 밤하늘은 얼마나 아름다운지. 멀리 스카이라인 위로 떠오른 교교한 달빛은 예술이다. 아마도 밤 산책이 좋은 건 사물 그대로의 색이 아닌, 어둠에서만 드러나는 색깔을 볼 수 있기 때문인지도 모른다. 감추어져 어디 있는지도 모르다가 가끔 가슴을 쿡쿡 찌르는 그 정체모를 그리움에 다가설 때처럼.

동네를 산책하다보면 멀지 않은 곳에 수령 오백 년이 넘은 은행나무가 있다. 세 개의 아름드리 굵은 줄기가 뻗어올라 온통 하늘을 가리고 있다. 주변 작은 잡목들이며 꽃나무들은 감히 은행나무의 친구가 될 수 없다. 그냥 그곳에 홀로 우뚝 서 있다. 가슴 아팠던 우리의 역사를 고스란히 겪어내며 그 오랜 생명을 보존하고 있다. 이 은행나무에게 그리움에 대해 묻는다면 무어라 말할까. 그리움은 외로움이라고. 원래 모든 생명체는 외롭게 존재한다는 것. 그리움의 끝은 외롭게 살다가는 모든 존재의 사라진 자리에 있다는 것을. 그렇다. 친구도 가족도 모두 은행나무 옆의 살구나무처럼 서로 다른 꿈을 꾸며 사는 것이다. 어차피 홀로 그리워하고 홀로 살아낼 뿐이다. 바람이 불어 은행잎이 끄덕이면 풀잎도 꽃잎도 서로 끄덕여주고 인정해주면 되는 것이다. 존재론적 외로움.

나는 가끔 꿈속에서 하늘을 나는 도요새가 되기도 하고, 바다를 그리워하는 달팽이가 되기도 한다. 어느 날 가수 이적이 노래한 〈달팽이〉가 나에게 속삭이고 있었다.

언젠가 먼 훗날에 저 넓고 거칠은 세상 끝 바다로 갈 거라고
아무도 못 봤지만 기억 속 어딘가 들리는 파도소리 따라서
나는 영원히 갈래

아마도 그리움은 영원을 향한 인간 영혼의 갈망인지도 모른다.

음악, 그 소중한 유산

나에겐 오디오 세트 두 대가 있다. 모두 음악을 좋아하는 친구가 선물한 것이다. 하나는 학교를 퇴직할 때 함께 음악을 즐기던 K 선생님이 사준 것으로, 그 당시로서는 들을 만했던 인켈이다. 또 하나는 근래에 친구 S가 자기 집이 좁다며 준 게 있다. 하나씩 조립한 것인데, 앰프와 스피커가 좋아서 음악을 작게 틀어도 맑고 깨끗하게 들린다. 거실과 내 방에 하나씩 놓았다.

고급 오디오를 구입하고 싶은 마음도 있었지만, 이렇게 친구들이 주니까 새 것을 살 기회가 없다. 음악을 좋아한다고 하지만 내 귀가 까다로운 편도 아니고, 전문적으로 듣는 것도 아니다. 아는 게 병이라고, 음악을 너무 깊이 파게 되면 오히려 감상하는 즐거움을 방해한다고 생각한다. 음악뿐만 아니다. 모든 예술 분야가 인간을 위로하고 행복하게 해주는 것인데, 전문적이 되면 머리가 아파진다. 어설픈 내 경험일 수도 있다.

어릴 적 우리 집은 가난했지만 음악적 분위기에서 자랐다. 오빠가 대학 졸업 후 취직하며 처음 구입한 게 포터블 전축이었고, 내가 교직을 갖게 되며 할부로 처음 마련한 게 오디오 세트였다. 그 후 모으기 시작한 라이선스 LP판, 녹음해둔 테이프, CD가 유행하면서 수도 없이 모은 음반들. 이런 음원은 하나도 버리지 못하고 아직 내 방에 있다.

어느 한 시절 피아노곡을 좋아했다. 감성을 자극하는 탄력 있고 맑고 확실한 울림이 좋아서다. 독주곡이든 협주곡이든 피아노곡을 많이 들었다. 좋은 작곡가도 많지만 귀신같이 치는 피아니스트도 많다. 나는 피아노를 치지 못하지만, 언니들은 피아노도 잘치고 노래도 잘했다. 교회에서 성가대를 하며 피아노를 가까이했기 때문이다. 나도 대학 때 교육관 피아노실에서 쳐보긴 했다. 그러나 악보에 샤프와 플랫이 여러 개 나오면서 혼자하는 연습을 포기했다. 이젠 듣는 귀만으로도 족하다. 어렸을 때부터 오빠와 언니들이 음악을 좋아해서 명곡을 많이 듣고 불렀다.

남편과 함께 살며 불편했던 것 중 하나가 음악이었다. 잠이 깨면 음악이 흐르고, 일상의 배경에 음악이 있기를 바랐다. 남편은 음악을 듣는 환경에 익숙하지 않았다. 오히려 공부에 방해되는 소음 정도로 생각했다. 결혼 전 데이트할 때 베토벤을 좋아하느니 슈베르트를 좋아하느니 했던 것은 다 뻥이었다. 결혼 전에 검증해야 할 것도 많은데, 음악을 얼마나 좋아하는가를 검증할 여유는 없었다. 결혼자금으로 쓰고 남은 돈을 오디오 구입하는 데 썼는데 그것도 마음껏 활용할 수 없었다. 지금 생각해보면 이것만은 완전 나의 실수다. 부부가 같은 취미를 가지고 있다는 건 긴긴 인생을 살아가는 동안 많은 위로가 될 터인데.

우리 아이들에게 피아노를 가르쳤다. 어느 정도 치게 되자 한 대 사주고 싶었다. 피아노를 사려면 가야금도 가르치라는 남편의 방해공작을 견뎌내고, 딸이 초등학교 5학년 때 뜻을 이룰 수 있었다. 그 후 딸은 자기가 원할 때 피아노를 즐기는 아이로 커갔다. 이제 사십 줄에 접어든 아이들. 음악을 좋아한다고 하지만 클래식을 나만큼 즐기지 못하는 것이 아쉽다. 어려서부터 오래 들으며 익숙해져야 하는데 그런 환경을 만들어주지 못했다. 학자의 길을 걷는 남편이 조용한 분위기를 원했기 때문이다. 그저 나만 어느 곳에 있든 열심히 들었다.

딸에게 사준 피아노는 아직도 건재하다. 그것은 이제 대를 이어 외손녀가 물려받았다. 아직 잘 치지는 못하지만 손녀딸의 피아노 치는 모습은 사랑스럽다. 싫증내지 말고 열심히 쳐서, 그 피아노 음률이 삶의 위로가 되고 기쁨이 되어준다면 좋겠다. 나아가 클래식을 많이 들어 음악의 감성에 빠져드는 아이로 자라면 더 바랄 게 없겠다.

음악은 잊고 있던 기억을 되살아나게 하는 힘이 있다. 비숍의 〈즐거운 나의 집〉을 듣고 있으면 어린 시절 가난했지만 풋풋했던 언니들과의 추억이 떠오른다. 대학시절 캠퍼스 뒷산에서 듣던 슈베르트의 〈죽음과 소녀〉는 내 젊었던 시절이 생각나 가슴이 아릿해진다.

〈크로이첼 소나타〉는 떠나간 사람을 떠올리게 하고, 파가니니의 〈무반주 카프리스〉를 들으면 맨해튼 지하철 구내에서 멋지게 연주하던 가난한 동양계 청년 바이올리니스트가 떠오른다. 음악은 아련한 추억을 불러오는 힘이 있다. 볼 수도 만질 수도 없는 추상적인 예술이기에 상상력을 무한대로 확장시키며 마음을 두드린다.

옛날엔 요즘처럼 원하는 음악을 마음대로 들을 수가 없었다. 음악감상실이나 음악다방을 찾아가고, 라디오에서 좋은 음악이 나오면 얼른 테이프로 녹음해두기도 했다. 테이프엔 곡명을 꼼꼼히 적어두고 선물도 했다. 대학시절엔 라디오나 음악감상실에서 나오는 음악을 노트에 기록하고 기억하려고 애썼다. 그래서인지 라디오에서 클래식 퀴즈프로그램이 나오면 대부분 제목을 맞출 수 있었다. 요즘은 음악을 선곡해서 듣기보다는 FM에서 나오는 곡을 많이 듣는 편이다. 이젠 인터넷이 발달해 원하는 곡은 어디서나 쉽게 접할 수 있게 되었다.

내 삶 속의 음악. 그 안엔 꿈과 추억이 녹아 있다. 그 속에 잠겨 있을 때 깊은 슬픔과 기쁨, 성스러움과 경건함, 가끔은 신비함에 한발 다가설 수 있다. 음악을 통해 세상 사람들과 정신적으로 소통하게 되고, 낯선 세상으로의 이끌림을 경험하기도 한다. 그 안에 있을 때 진실함과 선함, 그리고 아름다움의 촉수가 잡히는 듯하다. 음악은 영혼의 안식처럼 행복하게 다가온다.

음악을 좋아하는 것은 가족으로부터 물려받은 아름다운 정서적 유산이다. 이 유산이 아랫대에도 계속 이어질 수 있다면 좋겠다. 후

손들에게도 물질보다는 마음을 풍요롭게 하는 음악적 자산을 남겨 주고 싶은 마음 간절하다.

아이들의 꿈은 높이 날아오르고

비행기가 활주로를 달리다가 이륙하는 순간은 항상 특별한 느낌을 준다. 일상을 탈출한 설렘이라 할까. 땅 위의 집들은 흐릿하게 멀어져가고 새처럼 가볍게 지상의 모든 것을 벗어난다. 그리고 새로운 세계에 대한 약간의 긴장감. 그 느낌을 즐긴다.

아들, 딸 3대 가족의 일본 여행. 사위가 렌트해 운전하는 차를 타고 구마모토의 봄을 만나러 가는 길이었다. 맨 뒷자리엔 손주 셋이 나란히 앉아 새처럼 재잘거렸다. 새싹이 움트는 힘처럼, 꽃잎 터지는 소리처럼 싱그러운 아이들의 맑은 웃음소리는 어디서 솟아나는 에너지일까. 여린 몸에 흐르는 봄기운이 푸르고 싱그러웠다.

구마모토엔 온천을 순례하는 온센메구리라는 상품도 있고, 이곳저곳 특색 있는 료칸이 많았다. 우리가 묵은 료칸의 미닫이문을 열어보니 숲 속의 샘물처럼 작은 노천탕이 보였다. 여성 전용탕에서는 그네처럼 흔들리는 통나무에 매달려, 깊이가 다른 탕 속에서 노닐기도 하였다. 이른 새벽에 혼자 일어나 가족용 온천에 몸을 담그면 더 바랄 게 없는 듯 마음이 편안했다. 료칸에서 준 유카타를 입고 다니며, 가이세키 요리를 먹고 온천도 했는데 며칠 지나니 온몸이 매끈거렸다. 소소한 작은 일들이 행복임을 다시 깨달았다.

산기슭 여기저기 온천의 뽀얀 김이 피어오르는 고마츠 지옥에 갔을 때는 정말 지옥에서 연기가 솟아나는 것 같았다. 긴 막대 줄에 달린 바구니에 사가지고 간 달걀을 담아 온천물에 넣었다. 아이들은 신기하다는 듯 초롱한 눈으로 달걀이 익기를 기다렸다. 드디어 아이들은 익은 계란바구니를 꺼내 막대를 어깨에 걸치고 자랑스레 걸어오고, 제 엄마 아빠는 사진을 찍어주느라 분주했다.

아이들이 제일 좋아한 곳은 사파리였다. 철망을 친 사파리 버스를 타고 동물 먹이 바구니를 앞에 놓았다. 초식동물에겐 당근이며 여러 채소가, 육식동물에겐 닭고기가 준비되었다. 구역을 따라 버스가 야생동물에게 다가가면 집게로 먹이를 집어주었다. 코끼리가 코를 벌름거리다가 긴 코를 들어 먹이를 입 속으로 가져갔다. 곰과 사자는 날카로운 이빨을 드러내고 입속에 먹이가 들어오기를 기다렸다. 코끼리 코와 사자의 이빨 사이로 먹이를 건네며 즐거워하는 아이들과 그것을 동영상에 담는 부모들. 그 풍경은 바라보는 것만으로도 좋았다.

버스가 다가가면 덩치 큰 동물들이 버스 앞으로 뛰어오는 모습은 장관이었다. 친손녀 서현이는 자기가 좋아하는 얼룩말이 보이자 환호성을 질렀다. 마지막으로 낙타가 겅중거리고 뛰어왔을 때는 이미 먹이가 바닥났다. 외손녀 송원이는 먹이를 줄 수 없어 아쉽다고 한참을 시무룩했다. 다 큰 것 같아도 아직 어린아이였다.

6개월 차이로 한 학년이 아래인 친손자 형준이는 사촌인 송원이를 예전부터 좋아했다. 누나라 부르며 은근슬쩍 다가와 손잡는 걸 보면 절로 미소가 나왔다. 형준이는 아직 어려서 자기 뜻대로 안 되면 칭얼대는 투덜이지만, 아이돌보다 멋진 미남에 수리력이 뛰어나 앞날이 기대된다. 서현이는 애교쟁이고 오빠만 따라하는 따라쟁이다. 오빠가 구박하면 지지 않으려 징징대지만 금방 풀어진다. 송원이는 내 품에 안고 등을 쓰다듬으며 재워주던 아기였는데 어느새 5학년이 되었다. 이제 어린 티를 살짝 벗어나 형준이 누나와 서현이 언니 노릇을 잘해주었다.

항상 젊을 줄 알았는데 이제 세월의 흐름을 인정해야 했다. 나의 아들, 딸 창원이와 혜원이가 아장아장 걸으며 재롱부리던 시절이 아직 눈앞에 삼삼하다. 출근길이 바빠 나는 아침을 굶고 아이들 도시락을 싸서 먼저 학교로 보낸 후 더 돌보지도 못했는데. 벌써 사십대가 되어 한 가정을 이루고 부모 노릇 잘하는 모습이 흐뭇하기만 하다.

구마모토에서 최고라는 라면집에도 가고, 일본에서 제일 잘한다는 돈가스집에도 갔지만 나에겐 아이들이 잘 먹는 곳이 제일의 맛집이었다.

아소산 분화구가 멀리 보이는 국립공원 다이칸보 전망대에 올라가 패러글라이딩 하는 것을 보았다. 내 머리 위로 부드럽게 날더니 땅에 슬쩍 닿을 듯 다시 날아올랐다. 바람 부는 언덕에서 하늘 높이 떠오르는 패러글라이딩은 마치 내 아이들의 꿈이 높이 날아오르는 것처럼 가슴을 부풀게 했다. 우리의 박수소리 때문일까. 패러글라이더는 우리를 축복하듯 한 마리의 거대한 새처럼 날아올랐다. 멀리 해가 저물어가고 아이들 얼굴도 발그레 석양이 물들고 있었다.

탄천의 느티나무

서울의 집을 팔고 분당의 탄천 곁으로 이사 오며 네 계절을 보냈다. 올해는 코로나19로 사람을 거의 만나지 않았다. 매일 탄천을 걸었다. 그곳엔 수많은 생명들이 자연의 순환에 적응하며 살고 있었다.

탄천의 네 계절을 지나오며 사람 사는 모습도 자연의 이치와 다를 바 없다는 생각을 했다. 인간의 생로병사가 그곳에서도 적나라하게 펼쳐지고 있었다. 생명의 힘이 넘실대는 따사로운 봄도 있었고, 무성한 여름과 함께 태풍과 홍수로 온몸이 휩쓸리며 상처가 생기기도 했다.

내가 항상 걷는 산책로 한 블록의 잔디밭엔 잘 생긴 느티나무 여섯 그루가 있다. 비슷한 시기에 심었는지 크기와 모양도 거의 닮아 있다. 나는 그 곁을 지나며 여름엔 그늘 속에 쉬기도 하고 한아름 남짓한 나무를 끌어안아보기도 했다. 사람들은 느티나무 아래에 텐트를 치고 햇볕을 피했다.

올해 장마는 오래 계속되었다. 사람들은 우산을 쓰고 흐르는 물소리를 들으며 걸었다. 비 온 다음날은 풀들이 더 싱싱하게 자라는 게 보기 좋았다. 물이 넘치면 위험하다며 탄천으로 들어오는 입구를 테이프로 막아놓아도 아랑곳하지 않았다. 분당에 사는 사람들을 모두 안아주는 넉넉한 탄천의 품이 좋았다. 밤새 폭우가 쏟아진 다음날이면 풀들이 모두 물줄기를 따라 누워 있었다. 징검다리가 물에 잠겨 요란한 소리를 내며 흐르는 것을 보면, 그 조용하던 냇물도 감정이 있는 것 같았다.

태풍으로 비가 많이 내리던 어느 날 산책로에 물이 넘쳤다. 온갖 쓰레기와 풀더미가 떠내려가기도 하고, 나무나 벤치, 가로등 기둥에 걸려 쌓여 있었다. 뿌리째 뽑힌 나무들이 여기저기 나뒹굴고, 철제 칸막이도 토사에 밀려 떨어져나가 산책로는 뻘밭이 되고 있었다. 태풍으로 인간만 고통을 당하는 게 아니었다.

잡초들은 물길에 휩쓸리며 힘없이 쓰러져 있는데, 느티나무 여섯 그루는 꼿꼿하게 자리를 지키고 있었다. 느티나무는 이번 비로 무섭게 흐르는 물과 쓰러지는 갈대와 떠내려가는 풀더미를 보았을 것이다. 탄천의 모든 생명들이 놀라 수풀 아래 숨고, 휩쓸리고 있을 때도 밤을 새워 느티나무는 늠름한 모습을 잃지 않고 있었다. 힘내라고 격려하며 변함없는 자세로 자리를 지키고 있는 것 같았다. 오랫동안 비 오고 눈 내리고 꽃 피우는 시절을 지냈을 느티나무. 탄천이 공원으로 가꾸어질 때 심겨진 나무였다.

물이 넘치며 물속에 살던 작은 물고기들이 산책로 위로 밀려나와 고인 웅덩이에 모여 있었다. 송사리 떼가 작은 물웅덩이 속에서도 부지런히 떼를 지어 몰려다녔다. 어린 딸과 함께 산책 나온 부부는 열심히 송사리를 잡아서 개천에 넣어주었다. 아이의 아빠는 자식 앞에서 천사가 되는 것일까. 물살이 빠른 둑 아래까지 풀줄기를 잡고 내려가 방생을 하고 있었다. 자라도 보였다. 달팽이가 온 힘을 다해 풀숲을 향해 달려가고 있었다. 비록 느려보여도 그들은 최선을 다해 달리는 것이다.

이번 여름은 코로나19와 태풍으로 힘들었다. 사람들은 탄천의 들풀처럼 힘겹게 살아가고 있었지만 변함없이 산책로를 걸었다. 해가 서쪽으로 기울면 나도 길을 나섰다. 치열했던 여름이 지나며 나무들은 자신의 습한 냄새를 지우고, 아침저녁 서늘해진 바람에 풀들이 힘을 잃어가기 시작했다.

쾌청한 하늘과 따뜻한 볕이 좋았는데, 벌써 가을 갈무리가 시작되었다. 저녁에 나가보면 웃자란 풀잎들은 어느새 베어져 바닥에 누워 말라가고, 마른 풀잎은 트럭에 실려나갔다. 난 풀냄새를 맡으며 휴대폰으로 좋아하는 음악을 들었다.

집에서 나와 탄천을 따라 걸어올라가다보면 개천은 동쪽 방향으로 휘어진다. 작은 다리를 건너 너른 풀밭이 펼쳐지면 하늘에 달이 떠오르고 조용히 저녁이 내린다. 팔을 벌리고 어두워가는 하늘을 끌어안으면 마음도 그 넓이와 깊이를 더해간다. 멀리 분당 서울대병원이 보이는데, 창마다 켜진 노란 불빛은 마음을 괜히 먹먹하게 한다. 병실의 수많은 불빛 아래 그들은 얼마나 절절한 마음일까. 언젠가 남편이 입원했던 병실에서 창밖을 보면 멀지 않은 곳에 탄천 산책로가 보였다. 며칠 후 퇴원할 때 함께 병실에 있던 환자의 부인이 나를 배웅했다. 언제 퇴원할지 기약 없는 병실 생활에 그 부인은 얼마나 내가 부러웠을까. 생각하면 가슴 아프다.

산책로에 가로등이 켜지면 가던 길을 되돌아오는 시간이다. 어둠이 내리면 탄천 너머 수많은 주상복합건물과 사무용 빌딩엔 불빛이 찬란하다. 병원의 불빛과 다른 활력이 넘친다. 창가의 불빛 하나하나마다 인간의 이야기들이 반짝이는 것이다. 성공과 희망, 실패와 좌절, 눈물과 한숨, 때론 꿈과 기쁨이 빛나고 있는 것 같다. 나는 멀리 그 휘황한 빌딩의 불빛을 바라보며 산책로를 걷는다.

밤이 되니 들판에서 부지런히 먹이를 찾아 몰려다니던 비둘기나 까치, 물 위에서 놀던 오리도 잠을 자기 위해 자취를 감추었다. 집으로 돌아오는 길에 느티나무를 보며 일일이 눈인사를 한다. 나무도 가을색으로 물들기 시작했다. 나무는 계절 따라 수많은 사연을 겪어내며 말이 없지만 나는 느티나무의 마음을 알 것 같다.

이제 아침저녁 서늘한 바람이 불며 여름내 말이 없던 갈대와 물억새는 가을이 왔다고 한들거리기 시작했다. 모든 생명이 힘을 잃어갈 때 꽃을 피웠다. 이제 가을은 봄만큼이나 고운 빛으로 물들고 있다. 둑방 위로 이어진 벚나무는 명랑하게 물들고 있는데 천변의 버드나무는 추위 탓인지 힘이 빠져보였다.

느티나무는 위치와 모양과 크기가 비슷한데도 붉은 색, 노란 색

등 물들어가는 모습은 모두 달랐다. 이런저런 시련도 거뜬히 견뎌내고 넉넉하게 사람들에게 그늘을 내어주는, 탄천의 모든 생명을 사랑하며 품어주는 나무. 든든하게 삶에 뿌리 내린 느티나무. 나도 문득 탄천의 한 그루 느티나무가 되고 싶다는 생각을 해보았다.

그 남자

밤이 깊어서야 델리 공항을 빠져나왔다. 버스에 타기 전 인도인 가이드가 걸어준 금잔화 목걸이가 낯선 나라의 정취에 빠져들게 했다. 꽃향기 섞인 이국의 냄새에 여행의 첫걸음이 설레었다.

사리를 걸치고 온갖 장신구로 멋을 낸 인도 여인들 중엔 미인이 많았다. 버스에서 내렸을 때 모델처럼 쭉 빠진 여인이 나에게 다가왔다. 커다란 눈에 오뚝한 코, 육감적인 도톰한 입술. 코 잘생긴 거지는 없다는데 여인은 구걸을 하고 있었다. 아기를 가슴에 안은 무표정한 모습은 백치미 매력을 보여주고 있었다. 주머니를 뒤져 1달러를 주었다. 멀어져가는 여인을 한참 바라보았다. 고개를 돌리니 한 사내가 우리를 보며 웃고 있었다. 혼자 여행온 키가 크고 비쩍 마른 남자. 함께 여행한 사람 중에 가장 인상적인 사람이었다.

기차를 타려고 기다릴 때였다. 그 남자는 기차역 뒷골목 거지소굴 같은 곳에 서슴없이 들어가 앉았다. 그곳에서 남루한 사람들이 피우던 담배인지 환각제인지도 모를 것을 얻어 피우고 있었다. 마치 그들의 친구가 되고 싶다는 표정으로. 비로소 내 눈에 들어온 그를 눈여겨보기 시작했다.

어느 시골 마을에 도착해 버스에서 내렸을 때도 남들과 달랐다. 흙바닥에서 뛰어놀던 아이들이 우리를 보자 우르르 몰려들어 손을 내밀었다. 볼펜이나 먹을 것을 달라는 것이었다. 그 사내는 지폐를 여러 장 꺼내더니 아이들 앞에서 하늘로 던졌다. 아이들은 기쁨의 함성을 지르며 돈을 주웠다. 그는 다른 사람이 생각지도 못하는 행동을 아무렇지도 않은 듯 자연스럽게 하고 있었다.

하루는 모든 일정이 끝나고 숙소에서 멀지 않은 곳의 결혼식 구경을 갔다. 잘생긴 신랑이 화려하게 치장한 코끼리를 타고 식장으로 들어오고 있었다. 밤새도록 벌어지는 결혼식 연회에서 우린 축하객이 되어 자유로운 파티를 즐기게 되었다. 음식도 푸짐했다. 여기서도 그 사내는 역시 달랐다. 무대에 오르더니 춤을 추기 시작했다. 우리도 그의 지칠 줄 모르는 자유로움에 동화되어 함께 춤 속으로 빠져들었다.

그는 어린아이든 어른이든 현지에서 만난 어느 누구와도 친구가 되었다. 붉은 가사를 걸친 승려를 만나면 단 몇 마디에 오랜 친구인 듯 팔짱을 끼고 사진을 찍는가 하면, 길거리에 어슬렁거리는 소가 있으면 한판놀이도 서슴없이 했다. 그는 두려움이 없는 사내 같았다.

그렇게 삶의 에너지가 넘치는 사람을 지금까지 본 적이 없었다. 내적 끌림에 의한 정신의 자유로운 표출! 그는 거칠 것 없는 영혼이었다. 만나는 모든 사람에게 관심을 가지고 호기심을 느끼는 그 열정이 부러웠다. 그는 그렇게 세계 각지를 혼자 여행한다고 했다.

타지마할을 보러갔을 때였다. 돔 양식의 하얀 대리석으로 지어진 타지마할은 그 아름다움이 상상하던 것 이상이었다. 무굴제국의 황제 샤자한은 그 사랑이 얼마나 깊었기에 죽은 황비를 위해 그런 무덤을 만들었을까. 아내를 향한 깊은 사랑과 슬픔을 그런 아름다운 건축물로 승화시킨 것일까. 입구에서부터 압도당하여 홀리듯 그 안으로 빠져들었다. 영국인들에 의해 많이 훼손되었다지만 그 건축술의 섬세함이 놀라웠다.

이곳저곳을 구경하다가 밖으로 나와 나는 홀로 떨어져 있는 그 사내를 발견했다. 그는 조용히 먼 곳을 응시하고 있었다. 철저히 자신의 세계 속에 빠져 있는 듯 미동도 없었다. 무슨 생각을 하고 있을까. 아름다운 건축물을 보고 자신만의 몽상에 잠겨 있는 것일까. 자유로움과 열정 속에 감추어진 깊은 외로움을 엿보는 듯했다.

돌아오는 비행기 안에서 우연히 내 옆자리에 앉게 되어 이야기를 나누게 되었다. 그는 자신의 행동이 남에게 거슬리지 않았을까를 염려했다.

"제가 여행 중 너무 멋대로 놀았죠?"

남이야 뭐라던 나는 적극적으로 그를 지지했다.

"무슨 말씀이세요. 그런 자유로움이 너무 부러웠는데요."

그는 마음이 놓였는지 자신을 털어놓았다. 오십대 초반의 그 사내는 한때 골프 선수였으며, 지금은 아내와 이혼하고 혼자 홍콩에서 산다고 했다. 비록 그가 가정을 떠난 고독한 사내라 해도, 무언가 가슴을 태울 대상을 발견하지 못해 세상을 떠돌고 있을지라도, 행동하는 그 삶의 에너지가 부러웠다. 나의 눈에 그는 아름다운 사람이었다.

사람들은 아름다움을 느끼면 그것에 끌리게 마련이다. 꽃이든 사람이든 예술이든. 인도 여행을 끝내고 오며 마음을 사로잡았던 것은 종교나 명상이 아니었다. 거지여인의 백치미, 절대왕정시대의 화려한 왕궁들, 타지마할의 압도적 아름다움도 있었지만, 정신이 자유로웠던 그 열정의 사내가 오래 기억에 남을 것 같았다.

꽃잎은 시들어도

지금도 내 눈엔 비슬산의 진달래 꽃잎이 하늘거리는 듯하다. 능선을 따라 걸으며 펼쳐지던 진달래 평원의 꽃무리들…. 아름다움의 절정엔 항상 슬픔이 묻어난다. 꽃길을 걸으며 계속 내 입가를 맴돌던 노래는, 젊은 나이에 죽어간 김정호의 〈하얀 나비〉였다. '꽃잎은 시들어도 슬퍼하지 말아요. 때가 되면 다시 필 걸 서러워 말아요.' 만남의 뒤엔 헤어짐이 따르듯이, 꽃은 피었다 지고, 우리 인생도 그렇게 사라져버릴 한 송이 꽃이려니. 진달래꽃이 절정에서 시들어 떨어질 생각을 하며 슬픔을 느꼈던 건 나이 탓일까.

우리 동네 산악회는 대구 비슬산을 오르기 위해 전날, 산 아래 비슬산장에서 일박을 했다. 겨우내 폭설에 시달리던 나무들이 이제 신록으로 그 신비한 생명력을 뿜어내고 있었다. 산동네 음식점 마당엔 잘 생긴 비목이 그 푸른 잎새를 바람에 날리며 오지 않는 손님을 기다리고 있었다. 그래, 슬퍼 마라, 손짓하는 잎새 따라 길손들

머지않아 너를 찾으리니.

어두워가는 산의 능선은 아름답다. 하늘과 맞닿은 그 부드럽게 양분된 선은 빛이 스러지며 변화해가는 색의 조화를 말없이 연출하고 있었다. 깊어가는 밤. 계곡물 소리, 개구리 울음소리, 개 짖는 소리 그치지 않고…. 집 떠나온 하룻밤 초롱한 별빛을 바라보며 산기슭을 홀로 거닐었다.

다음날 아침 비슬산장에서 산행을 시작했다. 참꽃축제를 알리는 애드벌룬 두 개가 산행지 입구에 둥실 떠 있는 걸 보니, 주말엔 이 산도 사람들로 몸살을 앓을 것이다. 예부터 아이들은 봄산을 오르며 진달래를 따먹고, 집에서는 꽃전을 부쳐 먹었다. 진달래가 피고 나면 연이어 철쭉이 핀다. 철쭉은 독성이 있어 먹을 수 없기에 개꽃이라 하고, 진달래를 참꽃이라 했다.

오랫동안 비가 오지 않아서인지, 산길은 흙먼지가 풀풀 날리고 있었다. 드문드문 소나무와 바위가 멋지게 어울려 우리의 발길을 멈추게 했다. 그 중 도성 스님이 성불했다는 도통바위 위로 올라가 바라보니 비슬산 자락이 넓게 펼쳐져 있고, 바위 사이로 키 작은 소나무 한 그루가 우리를 반겼다. 스님만 성불한 것이 아니라, 힘겹게 바위사이를 비집고 자라난 소나무도 성불한 것 같았다. 이런 풍광 좋은 산 속에서 마음을 비우고 정진한다면 나도? 우선 내 삶의 군더더기라도 떨쳐버리고 싶은 마음이 들었다. 산길을 오르니 '걷는다는 행위는 순간마다 사유가 벌이는 축제와 같다'던 안치운의 글이 마음에 와닿았다.

흐르는 땀방울 닦으며 능선을 향해 계속 오르다보니, 멀리 햇빛을 받아 반짝이는 진달래꽃 무리가 보였다. 묵묵히 마른 억새초원을 지나 마지막 땀을 흘리니 비로소 비슬산의 자랑인 진달래 군락이 장관을 이루고 있었다. 대견봉 표지석과 진달래 꽃밭 속에서 꽃에 취해 사진을 찍고 있는데, 꼴찌대장 동숙 씨가 도착했다. 정상에 오른 행복한 표정을 얼굴 가득 담고서. 분홍빛 뺨이 진달래를 닮았다. 우린 모두 진달래 꽃송이가 되어 웃고 있었다.

대견봉에서 조화봉으로 가는 능선길은 길었다. 그 긴 능선 아래로 둘러싸인 30여만 평 분지에 가득 피어 있는 진달래 꽃바다. 아름답다 해야 할지, 황홀하다 해야 할지, 표현할 수 없는 마음 밭에 흘러나오는 노래. '꽃잎은 시들어도 슬퍼하지 말아요….' 그리고 나도 모르게 눈물이 고였다. 두견새 울면 그 소리 서러워 진달래 한 송이씩 떨어진다는데, 나도 잠시 두견새 되었을까. 눈물을 감추고 떨어진 꽃잎을 주웠다.

꽃길을 걸으며 진달래 꽃잎을 몇 개 따먹었다. 달짝지근했다. 점심식사를 할 때 재희 씨가 꽃쌈해 먹으라고 밥에다 꽃을 놓아주었다. 온몸으로 진달래 꽃잎이 녹아들었다. 문득, 나도 비슬산의 진달래가 되어버린 듯. 비록 한철 피었다 지는 서러운 진달래꽃이 된다해도 행복한 순간이었다. 꽃은 떨어져 다시 피어나기에.

에스프레소와 크루즈

이탈리아와 발칸 사이에 아드리아해가 있다. 바다가 잔잔해 그곳은 크루즈 여행하기에 좋다고 했다. 노을과 일출도 멋있다며 호기심을 불러일으켰다. 이탈리아의 베니스가 이번 여행의 시작점이 되어 발칸 지역을 돌아보는 일정이었다.

고풍스런 도시 베니스는 관광객들로 붐비고 있었다. 물의 도시인 그곳에 가면 무엇보다 유명한 곤돌라를 타야 한다. 예전엔 사공이 노를 저으며 이탈리아 가곡을 불렀다던데 이제 그런 낭만은 없어졌다. 그러나 좁은 수로를 부드럽게 미끄러져 나가는 노 젓는 솜씨만은 일품이었다.

나는 이제 베니스를 떠올리면 곤돌라가 아니라 커피 에스프레소와 현지 가이드가 생각난다. 그곳에 유학 가서 14년을 살았다는 가이드는 에스프레소 먹는 법을 맛깔나게 알려주었다.

"황설탕을 두 스푼, 일곱 번 저으세요. 그 후 반 샷. 입맛을 다신

후 다시 원 샷. 두 번에 걸쳐 마셔보세요."

아메리카노만 마시던 내가 산 마르코 광장 커피숍에서 그의 말을 실천에 옮겼다. 황설탕을 두 스푼, 그리고 일곱 번을 저었다. 가이드의 말을 주문처럼 따라한 것이다. 작은 에스프레소 잔을 들고 반 잔을 마셨다. 지옥의 쓴맛과 악마적인 달콤함이 혀를 자극했다. 거부할 수 없는 유혹처럼 전신에 퍼지는 커피 향. 잔을 든 채로 눈을 감았다. 코끝을 맴도는 커피 향은 나를 천상으로 끌어올리는 듯 정신까지 고양시켜주었다. 지독히 쓴맛이라는 선입견은 사라지고 없었다.

차를 마신다는 것은 분위기를 즐기는 마음도 함께한다. 여행의 출발점. 유서 깊은 성당이 보이는 광장에서 마시는 에스프레소의 맛은 특별했다. 그 여운을 잠시 음미하다가 다시 남은 반 잔을 원 샷! 더 이상 무슨 말이 필요하랴. 산 마르코 성당은 더 빛나보였고, 광장을 지나는 사람들은 영화 속 풍경이 되었다. 그 후 발칸 지역을 다니면서 카페에 앉아 마신 커피는 항상 에스프레소였다.

우리가 탔던 크루즈 코스타는 배의 길이가 300미터쯤 되고 승무원이 900명 가까이 되는 거대한 선박이었다. 승객은 2,000명 넘게 태울 수 있었다. 이 배에서 저녁마다 맛난 코스 요리를 먹었다. 서빙을 담당하는 전 직원이 영어를 잘하는 필리핀 사람들로 고용되었는데 한 가지 요리를 먹을 때마다 포크와 나이프를 갈아주었다. 그들은 서빙만 하는 것이 아니었다. 성악가 뺨치게 노래도 잘 부르고 깜짝 마술쇼를 해서 만찬장의 분위기를 돋우었다. 밤 9시엔 대극장에서 하는 쇼를 보러가기도 하고, 면세점에서 세일하는 상품을 구경하는 것도 즐겼다.

아침식사 후 배에서 내려 발칸 지역의 관광 코스를 돌았다. 크로아티아의 스플리트 관광을 할 때였다. 성채 안에 남자 5명 중창단이 노래를 하는데 오래된 성곽 안이어서 울림이 아주 좋았다. 그 멋진 하모니는 여행의 즐거움을 더해주었다. 노래가 끝날 때마다 박수소리 요란하더니, CD를 판매하려하자 모여 있던 관광객들이 썰물 빠지듯 흩어졌다. 나도 일행을 따라 그냥 나와버렸지만 생각할수록 미안했다.

거리의 악사들 중 내가 경험한 가장 멋진 기억은 오래 전 뉴욕 맨해튼 지하철 승강장에서 만났던 청년 바이올린 연주자였다. 파가니니의 〈무반주 카프리스〉! 연주가 너무 훌륭해 난 그곳이 승강장이라는 것도 잊고 행복하게 음악에 빠져들었다. 지폐를 기꺼이 통에 넣어주며 정말 성공한 연주자가 되기를 마음으로 바랐다.

고색창연한 성곽을 구경하는데 어디선가 합창 소리가 들리기에 가보았다. 한국인이었는데, 아마도 교회 성가대가 단체로 그곳까지 관광을 온 모양이었다. 우리말 찬송가를 우렁차게 부르며 박수를 받고 있었다. 어느 곳을 둘러보아도 한국인 없는 곳이 없고, 벽의 수많은 낙서 가운데 찾아보면 한글 없는 곳이 없었다. 낙서로라도 이름을 남기고 싶었던 걸까. 내가 왔다간 자리, 가는 곳마다 스며들던 커피 향처럼, 공중으로 흩어져간 아름다운 노래처럼 추억만 남기고 갔으면 좋겠다.

크루즈로 아드리아해를 따라 내려오다가 지중해와 만나는 신화의 나라 그리스에 닿았다. 카잔차키스가 생각나고 조르바와 크레타가 생각나지만 이번 여행지는 그리스에 대한 정신적 향수를 채울 만한 곳은 아니었다. 그리스 디폴트 사태로 자유인의 상징이던 조르바가 조롱거리로 풍자되는 게 안타까웠다. 작은 민속박물관에 들렀을 때 손뜨개로 만든 아기 옷, 예쁜 찻잔, 손때 묻은 바이올린 등 아기자기한 민예품들과 생활소품들이 감성을 자극했다. 발칸은 강대국 사이에 끼여 수많은 전쟁을 치렀고 모든 것이 파괴되는 참화 속에서도, 평화가 찾아올 때 아기를 낳아 기르고 아름다운 장신구를 만들고 노래하고 춤추며 즐겼던 것이다.

발칸 지역의 여러 나라를 다니며 일행들이 쇼핑하는 동안 가끔 혼자 찻집에 앉아 에스프레소를 즐겼다. 슬로베니아에서 만난 가이드는 에스프레소 먹는 법을 더 첨가해주었다.

“처음 한 모금은 입에 넣고 가글을 하세요. 커피 향이 온몸에 퍼집니다.”

뭐, 그렇게까지. 그냥 입속에 잠시 머금고만 있어도 될 걸. 역시 베니스 산 마르코 광장에서 맛본 에스프레소와의 첫사랑이 주술처럼 나를 지배하고 있는 것 같았다.

도스토예프스키와 파스테르나크

문학동인들과 함께 러시아 땅을 밟게 되었다. 우리가 갔던 페테르부르크와 모스크바는 러시아 역사와 문화의 중심지이다. 러시아를 생각하면 레닌이나 스탈린은 떠오르지 않는다. 그들은 역사의 뒤안길에 사라져버렸다. 그러나 공산혁명기의 어려운 정치 현실 속에서 나타난 수많은 예술가들은 지금도 우리에게 영향을 미치며 가깝게 다가온다.

페테르부르크는 내게 환상적인 도시였다. 마차에서 내리는 귀족여인들의 우아한 차림새며, 실패한 연애조차 그 거리의 추위 속에서는 멋진 낭만으로 연상이 되었으니. 러시아문학의 영향이리라.

18세기에 표트르 대제가 만든 인공도시 페테르부르크. 그는 네바강 하구의 갈대숲으로 우거진 습지대에 운하를 파고 돌을 쌓아 도시를 건설하고, 수도를 모스크바에서 그곳으로 옮겨 유럽의 강대국으로 성장시켰다. 운하가 보이는 호텔에서 이틀을 묶었다. 새벽에 눈을 떠 창밖을 보면 여전히 하늘은 푸른 빛을 유지하고 있었다. 백야였다.

아직도 도스토예프스키가 살던 시절의 면모를 간직하고 있는 도시. 그는 그곳에서『죄와 벌』을 썼다. 가난한 대학생 라스콜리니코프는 운하를 따라 이어진 길을 걸으며 벌레만도 못한 전당포 노파를 죽일 구상을 한다. 헌신적이고 순결한 영혼의 매춘부 소냐와 숭고한 두냐라는 두 여성을 탄생시키고, 주인공인 고매한 살인자 라스콜리니코프의 심리를 깊이 있게 파헤친 소설이다. 과연 인간이 다른 인간에 대하여 단죄할 수 있다는 생각은 어떤 심리일까. 초월은 가능한 것인가.

러시아문학사에서 '페테르부르크 텍스트'로 분류한 이 도시는 환상적이며 유령적인 공간이라는 성격을 부여받는다. 그 정점에 도스토예프스키가 있다. 19세기에 가장 사망률이 높은 도시로 매춘업이 발달했고, 성병, 알코올중독, 자살자 수가 러시아 1위였다고 한다. 소설『죄와 벌』은 그 당시의 암울했던 모습을 그대로 보여준다.

도스토예프스키가 살던 아파트를 찾아가보았다. 현관에 그가 쓰던 검정 모자가 마치 우리를 환영한다는 듯 전시되어 있었다. 유형의 땅에서는 없었을 멋진 모자. 아무리 혹독한 시련도 그를 망가뜨릴 수 없었다는 것에 머리를 숙이며 안으로 들어갔다. 인형이 있는 아이들의 방, 집필하던 서재가 고스란히 보존되어 있었다. 사람의 마음을 사로잡는 문학의 울림은 세월이 흘러도 변함없다는 것을 느끼게 해주었다.

페테르부르크에서 모스크바로 갈 때는 기차를 탔다. 고리키와 파스테르나크의 생가도 가볼 예정이었다. 예전엔 8시간이 걸렸다는데 급행열차가 생겨 이제는 4시간으로 단축되었다. 깨끗하고 여유로운 기차 안에서 호텔이 준비해준 아침식사를 했다. 창밖으론 드문드문 작은 집들이 보였고, 나무들은 여름의 무성한 빛을 뿜어내고 있었다. 지구 생성 이래 화산 폭발이 한번도 없었다는 우랄산맥 서쪽의 대평원은 끝도 없이 이어졌다.

러시아 땅에 도착하기 전 비행기 안에서 영화 〈닥터 지바고〉를 다시 볼 수 있었다. 파스테르나크의 자전적 소설을 영화로 만든 것이다. 지바고와 라라의 사랑 이야기가 러시아혁명의 역사적 배경 위에 펼쳐진다. 사랑은 문학의 영원한 테마. 기차여행을 하니 창밖으로 오마 샤리프의 우수어린 눈빛이 떠올랐다. 그곳에 혹독한 겨울이 오면 영화에서 보던 그 멋진 설경을 볼 수 있을 것이다. 봄이면 수많은 들꽃이 피어나겠지. 아침식사로 먹은 빵과 사과의 에너지가 내 몸 속을 돌아 상상 속의 들꽃이 되고, 수선화가 되고, 해바라기가 되어 차창을 스치고 있었다. 닥터 지바고는 소설로 쓴 시라는 어느 평론가의 말이 떠올랐다. 혹독한 역사의 뒤안길에서 펼쳐지는 가슴 저리는 사랑 이야기는 개인의 서사만이 아닌 그 시대를 살아갔던 모두의 이야기로 공감이 되었다.

그의 생가는 모스크바에서 한 시간 정도 떨어진 곳에 있었다. 2층 목조건물이었는데 먼저 응접실로 안내받았다. 그곳엔 파스테르나크가 노벨문학상 소식을 듣고 친지들과 즐겁게 건배하는 사진이 보였고, 테이블 위에는 축하주가 담겼음직한 도자기 주전자도 놓여 있었다. 그러나 혁명을 비판한 내용이 있다는 정부의 압력으로 그는 수상을 거부할 수밖에 없었다. 책을 집필한 2층의 서재를 올라가 보았다. 책꽂이에는 18개국 언어로 번역된『닥터 지바고』가 보였고, 그가 쓰던 책상 위에는 잉크병과 펜대가 놓여 있었다. 아래층엔 그가 임종한 방과 침대까지 보존되어 있어 마음을 숙연하게 했다.

러시아혁명 후 예술은 공산주의 이데올로기를 선전하는 좋은 수단이었다. 수많은 감시와 억압 속에서도 러시아에서는 걸출한 예술인들이 많이 나왔다. 그것은 그들이 예술을 사랑하기도 하지만, 국가적인 대우도 해주었기 때문일 것이다.

공산주의 체제는 무너졌다. 인간의 이기심은 누구나 잘 사는 이상향을 이 땅에 이룰 수 없다는 것을 역사가 증명한 것이다. 그럼에도 러시아가 저력 있는 나라로 생각되는 이유는 방대한 땅과 군사력보다 예술의 힘이 아닐까. 인간이 가장 위로받고 살아갈 힘을 주는 것이 무엇일까. 그것은 예술과 사랑이기 때문이다.

황금지붕 성당과 바실리 성당

내가 어렸을 때 오빠는 별명을 지어 부르기 좋아했다. 하루 종일 놀다 들어와 내 콧속이 까맣게 되면 굴뚝이라 불렀고, 얌전한 둘째 언니가 말을 안 하고 있으면 그 속을 알 수 없다고 '크렘린'이라 불렀다. 크렘린의 독재자 스탈린이 죽은 지 얼마 되지 않았을 때였다. 원래 크렘린은 중세 러시아의 성벽으로 둘러싸인 요새를 말한다. 정말 그 안에 무엇이 있는지 알기가 힘들었을 게다. 그러고 보면 인간의 마음도 크렘린일지 모른다.

피터 대제에 의해 페테르부르크로 수도를 옮기기 전까지 모스크바 크렘린 궁은 왕실이 있었고, 러시아 정교회의 중심지였다. 그 후 사회주의국가 소련이 들어서며 현재까지 모스크바는 러시아의 수도로 역사의 중심에 있는 곳이다. 하지만 대통령 집무실이 있는 크렘린은 이제 관광지가 되어 누구나 들어가볼 수 있게 되었다. 오빠와 함께 왔다면 옛날 얘기하며 얼마나 좋았을까.

모스크바에서 우리를 안내한 현지 가이드는 늘씬한 미녀에 연극학 석사 출신이었다. 그녀는 크렘린 안에 들어가면 바닥에 떨어진 금 조각들을 주울 수 있을 거라고 말했다.

"정말이에요. 저도 몇 번 주웠어요. 가보면 알아요."

우린 뭣도 모르고 금을 주워 한 밑천 잡겠다고 주먹을 불끈 쥐며 웃었다. 크렘린 안에는 금빛 돔으로 빛나는 여러 개의 정교회 성당이 있었고, 궁전, 관청, 탑 등 중세식 건축물과 기념물이 서로 조화를 이루고 있었다.

황금지붕의 성당으로 알려진 성모수태고지 성당 앞에 이르니 미녀 가이드가 한마디 했다.

"자, 여기 보이시죠? 그거요, 주워보세요."

정말 성당 앞마당에는 얇게 떨어져나간 금박 조각들이 보였는데, 한 면이 금빛으로 반짝였다. 우리는 바닥에 떨어진 조각들을 줍기 시작했다. 세속적 인간답게 교회 마당에서 잠시 황금에 눈이 멀었다. 비바람과 새들의 장난으로 떨어져 나간 조각들. 돔 하나에 금박을 입히는 데는 3킬로에서 큰 것들은 5킬로 정도의 순금이 들어간다고 했다. 계속 보수를 해서 그런지 맑은 하늘 아래 빛나는 금빛 돔은 신을 향한 찬양 같았다. 몇 조각 줍다가 품삯도 못 건질 것 같아 금방 털고 일어나 성당으로 들어가 황금에 어두웠던 마음을 회개했다.

인간의 마음엔 신을 향한 경건함과 세상의 속된 욕심, 즉 성聖과 속俗이 함께 존재한다. 욕망은 끝이 없고 그것은 파괴적이나, 신을 향한 경건함은 인간을 창조적으로 성장시킨다. 나는 황금에 대한 욕심을 버리고 다시 경건주의자로 돌아와 있었다.

성당 내부는 프레스코화와 수많은 이콘화로 둘러싸여 있었다. 이콘화는 자작나무를 비틀리지 않도록 잘 갈무리해서 그 위에 성경 내용을 그림으로 표현한 것이다. 성모 마리아의 생애를 작은 그림들로 표현한 성모수태고지 성화는 인상적이었다. 글도 모르고 성경적 지식이 별로 없던 시절에 종교적 감동과 신심으로 다가왔던 이콘화는 러시아 정교회의 역사를 대변하며 교회의 상징처럼 되어 있었다. 성당 내부 벽마다 층층이 걸려 있던 이콘화는 신을 향한 인간의 기도였다.

모스크바 정교회 성당의 특징은 양파 모양의 돔이다. 경사를 심하게 하여 겨울에 눈이 쌓이지 않도록 했다. 크렘린 안에도 밖에도 여러 형태의 성당 건물이 있었지만 가장 눈길을 사로잡는 것이 있었다.

성 바실리 성당! 동화 속의 왕자와 공주가 사는 성이라면 알맞을 것 같았다. 크고 작은 돔들이 빨강, 노랑, 초록의 알록달록한 색과 형태의 향연을 벌이고 있었다. 인간의 신에 대한 간절한 기원이 응축된 미적 결정체라고나 할까. 크렘린 앞 붉은광장 남동쪽 모퉁이에 맑고 파란 하늘을 배경으로 우뚝 솟아 있었다. 다시는 그런 아름다운 건축을 할 수 없도록 설계자들을 장님으로 만들었다는 전설이 있다. 16세기에 건축된 그 성당은 몇 세기에 걸친 전쟁과 정치적 격변을 거치고도 살아남아 모스크바의 상징이 되었다.

인간은 간절한 기원이 있을 때 정성을 다한다. 어느 나라를 가보아도 신께 예배드리는 성당이 가장 아름답다. 내 마음 깊은 곳에도 진실함과 선함과 아름다움의 보석으로 장식된 영혼의 성소를 짓고 싶다. 그 안에 정성을 다할 소망의 불꽃 타오르게 하고 싶다. 가끔 이 성소에 들어가 나의 오랜 소망과 이젠 이 세상에 없는 오빠를 위해서도 기도하고 싶다.

제5장

가을, 이 충만한 계절은

한번쯤 살아보고 싶은 집이 있었다.
제주 올레길을 걷다가 만난 들꽃 만발하던 바다가 보이는 작은 집.
지리산 어디엔가 있던, 문 앞에 국화꽃 피고 구들장 따끈따끈하던 황토집.
—「마지막 머물 집은 어디일까」 중에서

■

가을, 이 충만한 계절은

풍경으로 남은 사람

마지막 머물 집은 어디일까

집 팔며 그 남자와

어디를 향해 걷고 있었을까

탄천에서 세월을 낚는다

베이징 이야기

베이징 그림 여행

송원이

엄마의 가장 소중한 선물

가을, 이 충만한 계절은

산책길의 나무는 무성했던 여름날의 습한 비린내를 떨쳐내고 있다. 맑고 높아가는 가을하늘, 자유로운 영혼이 되어 어디론가 떠나고 싶어진다. 문득 배낭을 챙겨 친구와 단둘이 지리산으로 향했다.

노고단까지 오르기는 쉽다. 그러나 까마득히 이어지는 지리산 능선길은 고행의 시작이다. 그런데 사람들은 이상도 하지. 사서하는 고통을 즐기니 말이다. 그것은 자유의지의 선택이기 때문이다. 일상의 삶에서, 제도의 틀 안에서, 무의미에, 권태에 시달려왔기 때문이다. 모든 산들을 발 아래 거느리고, 하늘과 가장 가까운 능선길을 끝없이 걷는다는 것은 고통 속에 만끽하는 가슴 벅찬 희열이다. 드디어 삼각점에 도달했을 때 전라남북도와 경상남도가 단숨에 품에 안기고 나는 구름 위를 떠도는 자유인이 된다.

사람들은 무엇인가 열망을 품고 산다. 그 꿈의 한 가닥을 지리산에 풀어놓았다. 산장 숙소에 누워 잠 안 오는 밤을 뒤척였다. 밤새

비가 퍼붓고 있었다. 그러나 아침에 눈을 떴을 때 머리는 맑아지고 자연의 품에 안겨 가슴은 뜨거웠다.

지리산 날씨는 항상 변덕스럽다. 뱀사골 계곡으로 내려오는 내내 비가 오락가락했다. 물안개 가득하고 때로 안개비가 내렸다. 길섶의 야생화, 청개구리, 호랑나비 같은 것들이 동무가 되어주었다. 그들은 그곳에서 충만했다. 나는 그 이름을 불러주며 어여쁨에 취했다. 순간, 그들은 내 마음에 들어와 꽃이 되고 나비가 되어 날아올랐다. 여름 내내 희미하게 고여 있던 알 수 없는 간절함이 씻겨내리는 듯했다. 내 안의 모든 구속과 권태로부터 자유함을 얻은 듯했다.

지리산 쌍계사의 아침은 눈부시도록 아름다웠다. 섬진강변은 벚꽃 피는 봄이 제일 아름답다고들 한다. 그러나 초가을에 찾은 이곳은 호젓한 분위기가 벚꽃이 필 때와는 또 다른 느낌이다. 경내를 온통 붉은 빛으로 물들이던 꽃무릇! 오색 단청과 어울려 그 아름다움이 선경에 온 듯하였다.

꽃무릇과 상사화가 다르긴 하지만, 같은 수선화과로 비슷한 생육 과정을 갖기에 사찰에서는 그냥 '상사화'라고 부른다. 장마가 시작되기 전에 잎은 시들어 없어지고 초가을에야 꽃대를 세워 붉게 피어난 꽃송이들. 잎이 있을 때는 꽃이 없고, 꽃이 필 때는 잎이 없는 상사화相思花. 꽃과 잎이 서로 그리워한다고 해서 붙은 이름이다. 젊은 스님이 절에 찾아온 어느 여인을 짝사랑하다 상사병에 걸려 죽어, 상사화로 피어났다는 슬픈 전설이 깃들어 있다.

"일 년 후, 시험 끝나면 함께 오자고 약속했는데…."

우리와 뱀사골산장에서 저녁을 먹으며, 지리산 종주를 하고 있던 청년이 말했다. 사랑하는 사람과 헤어지고 홀로 하는 산행이라고. 내가 힘들어보이면 자신의 스틱을 빌려주고 손도 잡아주던 그 인상 좋던 청년은 무슨 사연이 있었을까. 모든 것을 잊고 싶었을까. 핸드폰까지 집에 두고 왔다고 했다. 그래도 끝내 말하고 싶었던 한마디가 남아 있었는지 내 핸드폰을 빌려가서 한참 후에야 나타났다. 청년의 웃음은 쓸쓸해 보였다. 그는 그 길고긴 능선길을 걸으며 자유함을 얻었을까. 아니면 마음속에 잊을 수 없는 상사화 한 송이 심었을까.

깊어가는 가을, 나무가 된 듯 가만히 서서 숲의 풍경을 바라보고 있으면 알 수 없는 평화가 전신을 감싼다. 숲에 들어서면 도토리 떨어지는 소리, 바람에 가랑잎 날리는 소리, 새가 먹이를 찾아 푸드득 날아오르는 소리가 들린다. 이런 소리들은 이제 여름 숲의 소리가 아니다. 겨울을 위해 자신의 습한 욕심을 덜어내며 메말라가는 가을의 소리이다. 해가 서쪽 산을 물들일 시간에 숲으로 들어서면, 노을의 붉은 빛이 성긴 숲 사이로 뚫고 들어와 황금빛 조각들을 뿌린다. 문득 내가 풍경 속에 녹아든다.

지리산의 야생화 속을 노닐던 호랑나비, 풀잎 속의 청개구리, 뱀사골 계곡에 끝없이 내리던 안개비, 잊지 못할 붉은 상사화. 그리고 긴 길을 함께 걷던 소나무를 닮은 벗. 내 추억의 먼 기억 속에 담겨 있다가 불쑥 그리움처럼 다가올 것이다.

숲을 지나 들판의 논으로 나가본다. 벼이삭이 누런 빛을 띠며 고개를 숙였다. 가만히 벼 포기를 들여다보니 빨간 무당벌레가 놀고 있다. 논에 물이 고여 수초가 떠 있고 그 사이로 파란 하늘이 어려 있다. 깨뜨릴 수 없는 마음의 평화와 자유가 가슴 가득 느껴진다.

> 진정한 자유를 경험한다는 것은 이런 것이다.
> 세상에서 가장 소중한 것을, 소유하지 않은 채 가지는 것
>
> — 파울로 코엘료

풍경으로 남은 사람

서래섬은 한강변의 작은 공원이다. 내가 자전거에 빠져 살던 때만 해도 그곳은 쓸쓸한 섬이었다. 강남 반포의 자전거도로변, 도회 소음이 딴 세상의 것처럼 멀리 느껴지는 한적한 곳. 그 섬엔 두 개의 작은 다리가 있었다. 나는 가끔 그곳의 고요가 좋아서 자전거를 타고 가곤 했다.

그날도 초가을 싱그런 바람을 맞으며 강변을 따라 섬으로 갔다. 유채밭이 있고 버드나무와 코스모스가 산들대는 곳. 벤치에 기대어 유유히 흐르는 강물과 뭉게구름 떠가는 가을하늘을 보고 있으면 모든 잡념이 사라지곤 했다. 마음이 편안해서였을까. 나는 설핏 잠속으로 빠져들고 있었다.

"풍덩!"

누가 강물에 돌을 던지는지 소리가 들렸다. 잠시 뜸을 들이다가 또 한번 들렸다. 벤치에서 일어나 강물을 바라보았다. 돌을 던지는 소리가 아니었다. 팔뚝만한 물고기가 철버덕 하늘로 뛰어오르다가 떨어지며 내는 소리였다.

순간 인기척을 느꼈다. 그리고 한 남자와 눈이 마주쳤다. 좀 떨어진 건너편 벤치에 사람이 앉아 있었던 것이다. 언제 와 있었을까. 그 남자도 나처럼 물고기를 바라보고 있었을까. 나의 영역에 불청객이 침입한 기분이었다. 하지만 그 남자는 인상 좋게 미소를 띠고 있었다. 나는 조금 더 머물렀다. 그러나 누가 있다는 사실이 신경쓰여 집으로 돌아가기 위해 자전거를 돌렸다.

돌아가는 길엔 더욱 속력을 냈다. 두 바퀴로 바람을 가르며 달리는 짜릿함이 기분 좋을 즈음이었다. 뒤에서 말소리가 들렸다.

"벌써 여기까지 왔네요. 따라오느라 힘 좀 썼어요."

돌아다보았다. 아까 그 남자가 웃고 있었다.

"자전거 탄 지 오래 되세요?"

"좀 됐어요."

"일주일에 몇 번이나 타세요? 저는 두 번쯤 타러 나오는데…."

깨끗한 라운드티셔츠를 입은 반듯한 외모. 불량해보이진 않았다. 우린 긴 강변길을 앞서거니 뒤서거니 달리며 이야기를 나누게 되었다. 어디 구속되는 것이 싫어 자전거동호회도 가입하지 않고 시간 날 때마다 혼자 타곤 했는데 새로운 경험이었다.

저녁시간이 되자 노을이 번지기 시작했다. 하늘과 강물은 온통 분홍빛 파스텔 톤으로 물들어가고 있었다. 자전거 타는 사람들도 모두 핑크빛 노을을 안고 달렸다. 아름다운 풍경에 한마디 하지 않을 수 없었다.

"영화 속 풍경 같네요."

잠잠하던 남자가 생각에 잠긴 듯 먼 곳을 바라보며 말했다.

"영화 〈아메리칸 플라이어〉 보셨어요? 캐빈 코스트너 주연의 자전거 영화예요. 저도 답답할 땐 어디론가 죽도록 달리고 싶을 때가 있죠."

"바퀴를 굴리고 있으면 살아 있다는 느낌이 들어요."

우리는 오래 전부터 알던 사이처럼 자연스럽게 얘기를 나누었다. 아마 얼굴을 마주보지 않고 함께 풍경 속에 있다는 느낌 때문이었을 것이다.

"한강은 아침햇살이 번질 때 나와도 좋아요. 은빛 강물이 환상적이거든요."

강변이 시간마다 계절마다 나에게 다른 색깔로 다가왔듯 그 사람도 강변에서 만난 다른 색깔의 풍경처럼 생각되었다. 드디어 잠실이 가까워질 즈음 그가 나를 앞서며 말했다.

"저기 좋은 찻집이 있어요. 차 한 잔 하실래요?"

"저 집에 빨리 가봐야 하는데…. 안녕히 가세요."

잠실 방향으로 향하는 그에게 던지듯 말하고 양재천으로 빠지는 길목으로 들어서버리고 말았다. 집으로 돌아오는 동안 잠시 후회했다. 차 한 잔쯤 마셔도 좋았을 텐데 그렇게 하지 못했다. 실은 양재천이 가까워지며 머릿속으로 몇 번 망설이긴 했다. 그러나 여기에 어떤 관계를 더 보태면 그 멋진 풍경이 그만 망가져버릴 것 같았다.

그 후 계절이 바뀌었고 나는 서래섬을 몇 번 더 갔다. 어느 날 섬에 가니 잘 갈아엎어놓은 유채밭에 새들이 날아와 무언가 쪼아먹고 있었다. 한 아주머니가 이리저리 새들을 쫓아내며 혼자 중얼거렸다.

"니들이 씨를 다 먹어버리면 내년에 유채가 어찌 싹을 틔우겠니."

벤치에 앉아 가지고 간 책을 펼쳤다. 그리고 무심히 건너편 벤치를 바라보았다. 깜짝 놀랐다. 그 남자가 앉아 있는 것이 아닌가. 예전처럼 군청색의 깔끔한 라운드티셔츠를 입고 강물을 바라보고 있었다. 가슴이 두근거렸다. 커피 한 잔 하자고 하면 이번엔 거절하지 말아야지. 눈이 마주쳐 미소를 보내면 내가 먼저 안녕하셨느냐 인사를 건네도 좋으리라. 심호흡을 하고 기다렸다.

이윽고 그가 나에게로 눈을 돌렸다. 그런데 그 남자가 아니었다. 무심한 표정으로 나를 건너다보고 있는 사람은 처음 보는 초로의 주름진 얼굴이었다.

마지막 머물 집은 어디일까

어느 한 시절이 있었다. 봄꽃 향기 같던 어린 시절, 하늘을 향해 푸르게 자라던 청소년 시절, 결혼을 하며 열매 맺고 거두던 시절. 그 시절을 돌아보면 추억이 깃든 동네와 살던 옛 집이 떠오른다. 그동안 얼마나 낯선 곳으로 이사를 다니고 정들며 세월을 보내었는지. 세월은 그냥 사라지는 것이 아니라 추억으로 가슴에 새겨지는 것일지 모른다.

어려서부터 도시에서만 살아왔기에 전원의 푸르른 자연 속에서 자란 사람들이 부러웠다. 농촌에서 어린 시절을 보낸 사람들은 기억의 곳간에 자연과 더불어 뛰놀던 추억이 쌓여 있다. 그에 비하면 도시에서 유년을 보낸 사람들의 추억은 빈약하기만 하다. 전쟁 후 도시 뒷골목 풍경은 앙상한 겨울나무 같았다.

오래 전에 친구와 그림 소재를 얻기 위해 사진을 찍으러 곳곳을 돌아다닌 적이 있다. 그때 어린 시절 살던 서대문구 천연동을 찾아갔다. 살던 집터조차 찾을 수 없도록 주변 환경은 많이 달라졌지만, 큰언니가 나를 업고 가서 떡을 사주던 영천시장이 지금도 있었고, 더욱 놀라운 것은 벽돌로 지은 석교교회가 어릴 적 기억 그대로 남아 있었다. 교회 부속 샛별유치원도 아직 있었는데, 유년의 애틋한 추억이 다 녹아 있는 넓은 운동장은 사라지고 없었다. 그 당시 유치원은 잘 사는 집 아이들만 다닐 수 있었기에, 나는 유치원 밖 운동장에서 꽃밭의 나비와 꿀벌과 놀며 일 나간 엄마를 기다렸다. 우리는 바로 그 옆 판잣집에서 살고 있었다.

삼십대에 언니를 따라 송파구 방이동에 있는 아파트로 이사를 오게 되었다. 그 당시 방이동은 개발이 되지 않아 넓은 밭이 지천이었고, 창문을 열면 푸른 들판에 뻐꾸기 소리까지 들렸다. 내가 부러워하던 전원생활을 할 수 있게 된 것이다. 근무하던 학교도 대방동에서 집 가까운 곳으로 옮겼다.

학교로 출근할 때는 버스를 타지 않고 일부러 아파트 뒤 배밭을 가로질러 걸어다녔다. 봄이면 배꽃이 바람에 휘날리던 풍경을 잊을 수 없다. 과수원 가장자리로 민들레가 지천으로 피어 있었고, 냉이꽃과 꽃다지가 옹기종기 피어 걸음을 멈추곤 했다. 조금 더 가면 저수지가 나왔다. 사람들이 낚시도 했고 주변이 푸른 둔덕이어서 경치가 좋아, 주말이면 그곳에 가서 친구와 그림을 그리기도 했다. 그즈음 유치원 다니던 딸이 어버이날 카드에 써준 글을 잊을 수 없다.

엄마는 하늘에 빛나는 별 같으시다.

꽃밭에 피어나는 꽃 같으시다.
아빠는 자랑스런 예비군이시다.

정말 별처럼 꽃처럼 살고 싶지만 그게 마음대로 되진 않았다. 저수지를 지나면 작은 언덕배기에 구치소가 있었는데, 가끔 푸른 죄수복을 입은 사람들이 나와서 일하는 것을 볼 수 있었다. 그들은 우리의 자유가 부러웠겠지만 우리도 각자의 짐을 지고 있었다. 1980년대의 시대적 아픔이 마음에 소용돌이치고 있었다. 근무하던 학교는 조금 더 걸어가면 나왔다. 삼십 분쯤 걸리던 거리였다.

봄비 오는 날 우산 쓰고 출근하던 기억도 새롭다. 도시에선 보기 힘들던, 밭고랑 사이로 가지런히 뻗어 있는 붉은 흙빛이 좋았다. 밭에는 푸르른 새싹들이 빗소리를 반기듯 쑥쑥 고개를 내밀고, 비닐하우스에 떨어지는 빗방울 소리는 듣기 좋은 음악 같았다. 붉은 흙길에 빗방울이 튀어 신발이 젖는 것도 아랑곳하지 않았다.

요즘과 달리 그때는 교사가 권위도 있었고, 스승 대접을 받던 시절이었다. 학생들은 순진한 눈빛으로 선생님과 눈을 맞추고 인사를 했다. 수업이 끝나면 학교 테니스장에서 테니스를 치며 맥주내기 시합을 했다. 23년 교직생활 중 가장 낭만적인 전원생활을 경험할 수 있었다.

제일 오래 살았던 곳은 강남구 대치동에 있는 아파트이다. 막내가 초등학교 오학년 때 이사 와서 결혼할 나이가 될 때까지 살던 곳. 그림을 그리겠다며 교직을 그만둔 곳도 그곳이었다. 양재천 꽃길을 따라 자전거 타고 한강으로 내달리던 낭만도, 그림도구 둘러메고 풍경 찾아 떠나던 여행길도 그곳에 살 때였다. 동네 산악회에서 봉고차 하나로 전국의 산을 누비던 시절도 있었다. 추억은 집이 아니라 함께했던 사람과 그 시간 속에 빛나는 것. 그때의 친구들도 이젠 다 머리가 센 할머니가 되었다.

이사를 한다는 것은 살던 집만 옮기는 게 아니라 마음도 옮겨가는 것이다. 정든 친구도 보기 힘들고, 자주 다니던 미용실과 빵집과 과일가게를 다시 못 가게 되는 것이다. 계절 따라 꽃이 피고 지던 산책길도 찾기 어려워지는 것이다.

한번쯤 살아보고 싶은 집이 있었다. 제주 올레길을 걷다가 만난 들꽃 만발하던 바다가 보이는 작은 집. 지리산 어디엔가 있던 문 앞에 국화꽃 피고 구들장 따끈따끈하던 황토집. 남해바다를 볼 수 있는 통영이나 남해 어디쯤에 집을 사서 파도소리를 마당까지 들여놓고 싶었다. 그리고 코발트빛 바다가 보이는 남부 이탈리아 해안도시 별장 같은 집. 이젠 여행길에 잠시 머무는 것으로 만족하려 한다.

아이들도 잘 자라주었고, 이제는 각자 독립해 행복한 가정과 집을 갖게 되었다. 아이들이 떠난 집에 남편과 둘이 살다가 딸네 집과 가까운 서판교로 이사 오게 되었다. 산자락에 있는 아파트이기에 창밖으로 보이는 숲 속의 네 계절이 그림같이 곱다. 산책을 하다보면 이제 정말 내가 원하던 전원생활을 하는 듯하다. 손자손녀가 오는 날은 숲 속의 꽃빛보다 더 고운 웃음꽃이 핀다.

몇 번 이사를 다니다보니 항상 젊을 것만 같던 나의 시간도 빠르게 흘러갔다. 앞으로 몇 번이나 더 살 집을 옮겨야 할지 알 수 없으나, 이제 내가 머물 마지막 집은 어디일까를 생각해본다.

집 팔며 그 남자와

수지구 상현동에서 살아온 지도 9년이 다 되어간다. 그동안 집을 팔고 이사할 생각은 많았지만 여러 가지 이유로 때를 못 맞추고 있었다. 집값이 오를 땐 더 오를까 못 팔고 너무 내릴 땐 본전 생각나서 못 팔았다. 이래저래 오래 살다보니 공기도 좋고 정도 들었다. 하지만 이제 집을 팔아야만 했다. 서울에 두고 온 아파트 재건축 완공이 얼마 남지 않았기 때문이다. 집을 사려고 구경 다니는 것도 힘들지만 팔려고 내 집 구경시켜주는 일도 만만한 일이 아니다.

부동산에 내놓으면 감수해야 할 일들이 한두 가지가 아니다. 시도 때도 없이 집을 보러오는 사람들 신경 쓰는 일이다. 일단 '집'이라는 값나가는 상품을 돋보이게 하려면 집안 정리정돈은 물론 청소는 기본이다. 그런데도 구경만 하고 가는 사람, 좋다는 말만 하고 가는 사람, 남편에게 보여줘야 한다며 동영상을 찍어대는 사람, 여기저기 살피다가 흠을 잡아내는 사람, 말도 안 되게 값을 깎는 사람 등

참 다양하다. 부동산에 집을 내놓고 한 달여 동안 가격을 조율해오고 있었다.

그러더니 마침내 아침에 전화가 왔다. 오늘 두세 시쯤 집 좀 볼 수 있겠느냐고. 그동안 전화는 몇 번 왔었지만 외출 중이어서 시간을 맞출 수가 없었다. 오늘 처음으로 집을 보겠다는 사람이 찾아왔다. 여자 두 명과 남자 한 명이었다.

중개업자와 나는 여러 가지 이 집의 좋은 점을 설명했다.

"저기 보세요. 전망 끝내주죠?"

"맞바람이 불어 여긴 정말 여름에 에어컨이 소용없어요."

"광교산 사계절이 한눈에 보이죠."

"마루가 아직 새 것같이 깨끗해요."

"베란다에 곰팡이 자국도 하나 없다니까요."

그런데 함께온 나이 지긋한 남자는 이곳저곳 구경하며 '좋아요, 좋아요'라는 추임새만 넣었다. '이 아저씨 장난하나' 속으로 생각할 때 구경을 끝낸 남자가 나를 지그시 바라보더니 한마디 했다.

"집을 처분할 전권을 가지고 있나요?"

"그럼요. 공동명의로 되어 있고. 우리 아저씨는 다 저한테 맡겼어요."

원래 남편은 이런 일엔 관심이 없다. 집을 팔면 '응, 일냈네', 집을 사면 '수고했소'가 끝이었다. 물론 내가 사전에 알아들을 만하게 설명을 해두었기에 내가 하는 일은 다 믿고 맡긴다. 이번 매매도 이사가기 싫어하는 남편을 위해 당분간 우리가 전세로 사는 조건이었다. 모든 흥정은 번갯불에 콩 구워먹듯 후딱 이루어졌다.

"좀 깎아주셔야지."

남자가 말했다. 내가 큰 맘 먹은 듯 대꾸했다.

"에이, 앗싸리하게 이백. 더는 안 돼요."

중개업자도 가격이 형성되어 더는 못 깎는다며 거들었다.

"좋소, 그럼 계약합시다."

남자도 화끈했다.

계약에 필요한 서류와 도장을 챙겨서 부동산 사무실로 갔다. 우리 집에 온 세 명 중 여자 둘은 양쪽의 중개업자들이었고 집을 사러 온 사람은 남자였다. 바쁜 여동생을 위해 집을 대신 사주러 온 것이었다. 계약금은 폰뱅킹으로 여동생이 내는 것 같았다. 중개업자들이 계약서를 쓰는 동안 우리는 얘기를 나누게 되었다. 집을 쉽게 사는 남자가 인상이 나쁘지 않아 나이까지 물어보았다. 나이 지긋한 남자 호칭으로는 사장님 아니면 선생님이 제일 낫다.

"사장님은 연세가 어떻게 되세요?"

"난 예순일곱, 소띠에요."

머리는 염색한 듯했으나 주름도 별로 없었다.

"어머, 저랑 같네요. 저도 소띠에요. 그런데 사장님은 얼굴이 너무 젊어보이세요."

젊어보인다는 말에 남자는 기분이 '업'되었던지 소년 같은 미소를 커다랗게 지어보이더니 말문이 트였다.

"하하, 그래요? 난 아직 돋보기도 안 써요. 매일 눈운동을 하거든요. 이렇게 하는 거예요."

열심히 시범을 보여주더니 덧붙인다.

"그런데 우리 소띠들이 복이 많아. 내가 오늘 선물 하나 드리지요."

그 남자는 정말 공장을 운영하는 사장이었고 그곳에서 만드는 제품들을 선물로 주겠다고 했다. 계약서를 다 쓴 후 약속대로 차 트렁크에 있는 선물을 가지고 다시 우리 집에 왔다. 운전기사를 들어오게 해 첫 번째 선물인 '문틀철봉'을 드레스룸 문틀에 달아주었다. 그리고 어떻게 운동을 해야 하는지 시범까지 보여주었다.

"정말 좋네요. 이 철봉 이사 갈 때 떼어갈 거예요."

내가 말하니 사장님은 호쾌하게 웃는다.

"아니 그럴 거 없어요. 내가 하나 더 드릴께. 그리고 따님 집 것도 하나 더 줄게요."

내가 좀 전에 딸 얘기한 것을 잊지 않은 것이다.

"이거 내가 업그레이드시킨 철봉인데 매일 아침저녁 몇 번 매달리기만 해도 허리 아픈 것 없어져요. 척추도 곧게 펴지고."

그리고는 두 번째 선물을 식탁 위에 올려놓았다.

"이 가스오븐 냄비들은 만능 찜기인데…. 내가 발명한 것들이죠."

자신이 모두 고안해 만든 거라며 쓰는 방법까지 설명한다. 스텐 바닥이 아주 두툼하고 고급스러워 보였다.

"아니 이렇게 다 주시면 어떡해요. 파실 물건을…."

"하하, 다른 사업도 하니까 이런 것쯤 안 팔아도 돼요."

난 오늘 처음 집 보러온 사람에게 십 분도 안 되어 집도 팔고 푸짐한 선물까지 받았다. 요즘 시세로 제 값 다 받고 말이다. 흔치 않은 일이다. 집은 임자가 따로 있는 걸까. 휴대폰으로 친구에게 집 팔렸다는 소식을 문자로 전하며 몇 자를 더 보태었다.

"그윽히 눈빛을 맞추고 난 다음 일사천리로 진행되었어요. 나 운동하라고 그분은 문틀 철봉도 달아주었지요. 난 그분 생각하며 철봉에 매달린답니다."

친구로부터 곧 답신이 왔다.

"아니, 눈도 맞았어요? 질투난다. ㅋㅋ"

어디를 향해 걷고 있었을까

안나푸르나는 히말라야 중부에 위치한 거대한 산군山群이다. 우리의 트래킹은 네팔의 카트만두로 간 후 나야풀에 도착해서야 시작되었다. 일행은 14명. 무릎이 안 좋았지만 고심 끝에 결행했다. 살아오며 망설일 때 나는 행동하는 쪽을 택하는 편이다.

첫날부터 발에 쥐가 나도록 걸었다. 다음날 몸이 좀 풀려 기분 좋게 걷는데 가이드의 기죽이는 한마디.

"이제 오르막이 시작되는데 2,600계단입니다. 두 시간 반쯤 걸립니다."

숨이 턱에 차도록 수 없는 돌계단을 올랐다. 계단의 틈새로 피어난 작은 꽃들이 나를 보고 방글거렸다. 땀을 닦고 호흡을 가다듬으며 이슬 맺힌 꽃들을 바라보았다. 방금 기지개켠 듯 색색 옷을 입고 나에게 쉬어가라며 웃어주는 꽃.

극기훈련 하듯 계단을 오르니 지금껏 보지 못한 원시의 숲이 광활하게 펼쳐지고, 히말라야 설산에서 녹은 물이 계곡을 따라 흘렀다. 감동의 물결이 온몸을 감싸며 노래가 절로 나왔다.

“시월의 어느 멋진 날에….”

고통과 기쁨은 동전의 양면 같은 것. 아픔을 겪어보지 않고 어찌 진정한 행복을 알 수 있으랴. 그래서 가끔 우리는 이렇게 고생을 사서한다. 이것을 ‘즐거운 고통’이라 해도 될까. 삶이 슬픔을 배경으로 하기에 기쁨을 바라는 것처럼, 우리가 선택한 고통은 기쁨을 담보하기에 기꺼이 견디는 것이다. 울레리마을에 도착하니 트래킹족들이 북적거렸다. 넓고 푸른 잔디에 화려한 꽃들이 만발하고, 파라솔 아래 색색가지 등산복 차림의 외국인들이 쉬고 있었다. 낙원이란 이런 곳인 듯했다.

트래킹 중 외국인들을 만나는 일은 즐거움 중 하나이다. 그들은 열악한 환경에서 서로를 배려하며 웃어주었다. 그리고 만국 공통어인 노래를 불렀다. 친구와 함께 부른 노래는 험한 여행길의 어려움과 피로를 덜어주었다.

이번 트래킹의 하이라이트는 해발 3,200m의 푼힐 전망대에 오르는 것이었다. 새벽 3시 기상. 스프로 목을 축인 후 랜턴을 켜고 새벽 등반을 시작했다. 계단 턱은 왜 그리 높은지. 힘들다고 끙끙거리면 친구는 놀리느라 내 엉덩이를 받쳐주었다. 함께온 대학동창 옥희는 몸이 가볍다. 여기 오려고 헬스 개인 트레이너한테 철인 5종 훈련까지 받고 왔단다. 잠이 채 깨지 않은 사람, 고산증세를 보이는 사람도 보였다. 그러나 어둠이 걷히지 않은 새벽길을 모두 묵묵히 오르고 있었다.

전망대에 오르니 구름이 걷히며 서서히 밝아오기 시작했다. 멀리 건너편 설산들이 햇살을 받아 여러 색으로 변하기 시작했다. 안나푸르나 연봉들, 히운출리, 마차푸차레, 다울라기리의 파노라마가 펼쳐지고 있었다.

웅장하고 신비한 산봉우리들은 붉고 노랗게 그리고 푸르게 빛나고 있었다. 저런 산을 오르기 위해 수많은 산악인들이 목숨을 걸었을 것이다. 세계 각국에서 모여든 사람들이 모두 넋을 잃은 듯 바라보고 있었다. 드디어 가지고 온 카메라로 사진을 찍으며 분주해지기 시작했다. 설산을 배경으로 모두들 뿌듯한 모습이었다.

이날은 새벽부터 시작된 트래킹이 저녁 숙소에 도착할 때까지 이어졌다. 적어도 12시간 이상을 돌계단을 오르고 내리며 걸었을 게다. 숙소에서 샤워는 바라지도 않았지만, 전기 사정이 나빠 촛불이나 랜턴을 켜야 할 때도 많았다. 재래식 화장실에 가는 것은 새로운 고통이었다. 문고리를 부여잡고 앉아야 할 정도로 다리 근육이 힘들다고 비명을 질렀다.

안나푸르나 산길을 걷기 위해 수만 계단을 오르고 내리며 견딜 수 있었던 것은 원시의 숲이 내게 준 감동 때문이었을 게다. 수백 년 수령의 나무들이 숲길을 에워싸고, 푸르른 이끼가 가득했다. 기생식물들은 그 굵은 나무 줄기 위로 뻗어올라가며 원시의 찬란함을 더했다.

난 전생에 산 속의 나무였을까. 아니면 그 속에서 뛰놀던 한 마리 호기심 많은 노루였을까. 숲으로 들어서면 왜 이리 마음이 편한지. 숙소에서 건너편 산을 바라보니 그 꼭대기에 우리가 점심을 먹던 롯지의 불빛이 까마득하게 보였다. 어떻게 저 먼 길을 걸어왔을까. 가끔 이국의 창가에서 듣는 빗소리에 마음 설레고, 밤하늘 별빛에 황홀해졌다. 별을 보다가 잠이 들었다.

산에서 마지막 날이 가까워올수록 끝없는 내리막이 계속되었다. 다리 근육이 당겨 도저히 속도를 따라가기 힘들었다.

"라즈! 헬프 미~."

이제 긴 계단만 나오면 열아홉 살의 막내 가이드 라즈를 불러야 했다. 몸이 마르고 눈이 커다란 순진한 청년 라즈는 내 팔짱을 끼고, 손을 잡고, 온몸으로 체중을 받쳐주었다. 그래, 도움을 받을 수는 있다. 그러나 아무리 힘들어도 내 한걸음 누가 대신 걸어주지 못한다. 한걸음 한걸음이 나를 여기까지 이끌었고 내 삶의 모습을 이루어가는 것이다. 그러나 살아가며 어려움에 처할 때 잡아주고 이끌어준 손길들은 얼마나 많았는지.

드디어 닷새 만에 우리가 산행을 시작했던 나야풀에 도착했다. 우리는 네팔 당국에서 발행한 안나푸르나 트래킹 성공인증서를 받았다. 인증서 속에 내 사진이 웃고 있었다. 힘들었지만 행복했다고.

트래킹을 끝내고, 국립공원 포카라에 있는 페와 호수의 작은 섬으로 갔다. 그곳 호텔에 도착해 그동안 땀에 찌들고 먼지로 더러워진 옷들을 벗어버렸다. 게다가 샤워 후 네팔의 소녀에게 마사지까지 받았다. 다음날 아침 호텔 식사를 끝내고 호수로 나와 보트를 탔다. 산에서 보던 하얀 안나푸르나 연봉들이 멀리 호수 위로 꿈결처럼 펼쳐져 있었다.

물 위로 나비가 날고 있었다. 넓은 호수 위의 노랑나비는 위태로워보였다. 어디로 가는 걸까. 파란 물빛을 꽃 피는 초원으로 착각했을까. 나비가 날아가는 모습은 부드럽고 율동적이었으나 불안했다. 나도 나비처럼 위태롭게 숲 속을 걸어왔다는 생각을 해보았다. 나비는 목숨을 걸고 호수 위를 날고 있었다. 나는 무엇을 위해 그 긴 산길을 끝없이 걸었을까.

안나푸르나 설산을 바라보는 산악지대의 마을 사람들은 관광객에게 숙식을 제공하고 소규모 계단식 농업을 하며 소박하게 살아가고 있었다. 교통수단도 없었다. 온몸으로 짐을 지고 걸었다. 닭들은 사방을 쏘다니다 병아리들을 품고, 개들도 하릴없이 어슬렁거리다 낮잠을 잤다. 가끔 등에 관광객을 태우고 산길을 가는 나귀는 길을 걷다가도 목이 마르면 계곡의 물을 먹고 배고프면 풀을 뜯었다. 사람이나 가축이 차별받지 않는 행복한 동행. 신발도 신지 않은 아이들은 맨발로 비탈길을 거침없이 달리고, 세수도 하지 않은 꾀죄죄한 얼굴에 천진한 미소가 귀여웠다. '나마스떼'라고 인사하면 환하게 웃으며 화답해주었다.

산에서 우리 짐을 메고 먼저 떠나던 포터와 요리사들은 다음 롯지에 도착해 미리 밥을 해놓고, 우리가 도착해 밥 먹고 쉬는 동안 그들은 다음 목적지로 떠나곤 했다. 내가 많이 의지하던 가이드 라즈는 산에서 내려와서는 보이지 않았다. 그의 임무가 거기까지였던 모양이다. 산에서 그는 내 작은 디지털카메라가 갖고 싶은지 계속 만지작거렸다. 주고 싶은 마음도 있었지만 찍힌 사진 때문에 어쩔 수가 없었다. 그렇게 헤어질 줄 알았으면 내가 가진 것 중 무엇 하나라도 더 줄 걸. 나에게 사소한 것이 그들에겐 간절한 것일 수도 있는데, 나는 내 몸 하나 건사하기도 바빠 그를 돌아볼 여유가 없었다. 그저 나에게 주어진 길을 걷고 또 걸었을 뿐이었다.

네팔인은 불교도보다 힌두교도가 압도적으로 많다. 힌두교 성지 파슈파티나트 사원에 가니, 그들이 성스럽게 여기는 작은 바그마티 강이 흐르고 있었다. 히말라야 설산에서 녹아내린 그 강은 멀리 인도의 갠지스로 흘러가며 네팔과 인도의 생명들을 이어주고 있었다. 사람들은 그곳에서 화장되기를 평생 소원한다고 했다.

화장을 기다리는 시신들은 죽음의 의식을 기다리며 햇살 아래 누워 있었다. 사람들은 쓰레기로 더러워진 강물에 화장된 시신을 버리고 그 물에 목욕도 하는데, 가난한 아이들은 무엇인가 줍기 위해 물 속을 휘젓고 있었다. 이생의 업보를 넘어서 해탈에 이르기까지 그들은 얼마나 많은 윤회의 고통을 경험해야 할까. 얼마나 선한 업을 쌓아야 할까. 삶과 죽음이 공존하는 곳이었다.

네팔에서 그들과 가난을 함께하며 오랫동안 의료봉사를 하고 있는 친구 부부를 생각했다. 친구는 오래 전부터 한번 와보라고 했다. 맑고 순수한 영혼을 만나보라고.

나는 무엇을 위해 어디를 향해 걷고 있었을까. 살아간다는 일이 끝을 모르고 죽음을 향해가는 알 수 없는 길이거늘. 그 죽음 너머 피안의 세계를 찾아 인간은 또 얼마나 수많은 길을 헤매고 있는지. 삶이란 모범답안이 없어서 인간은 자신에게 주어진 환경에서 그저 살아낼 뿐인 것을.

탄천에서 세월을 낚는다

내 자전거 바퀴는 쉼 없이 구르고 있다. 자전거가 앞으로 나아가는 것과 같은 속도로 시간도 흐르고 있다. 시간은 내 볼을 스치는 가을바람을 타고 흐른다. 탄천변의 흔들리는 갈대며 누렇게 바랜 들풀 사이로도 바람은 지나간다. 코스모스는 시든 줄기 위로 안간힘을 다해 마지막 꽃잎을 토해놓고 있다. 봄날 앳되던 잎들이 자라나 시퍼렇게 살아가더니, 이제 그 힘을 잃고 모든 생명들이 시간 속에 사위어간다.

황금빛으로 물든 느티나무 잎은 바람도 없는데 하염없이 떨어져 내린다. 단풍나무의 선연한 붉은 빛은 햇살을 받으며 더욱 투명하게 빛난다. 봄날 가득 꽃을 피우며 보란 듯 화려하던 벚나무들, 바람에 꽃잎 떨구며 사람을 홀리더니, 가을 잎들은 봄꽃보다 더하다. 가을빛의 총체가 온통 오색 만발한 벚나무 이파리로 변해 살랑 바람이 불 때마다 색종이 날리듯 떨어져 내리는 듯하다. 고운 아이들은 가을 잎처럼 팔랑거리며 뛰어놀고, 하늘을 향해 날던 가오리연은 전깃줄에 앉아 쉬고 있다.

멀리 단풍든 산을 바라보고 나뒹구는 낙엽들과 시들어가는 풀잎을 보며 흐르는 시간을 느낀다. 가을 잎들이 곱기만 할까. 검게 썩고 벌레 먹고 말라비틀린 수많은 상처의 흔적들은 애써 모른 체한다. 그러나 언젠가 그 모든 상처를 보듬고 화려함도 뒤로한 채 계절은 겨울을 향해 기운다.

가을나무는 속삭이듯 말한다. 자전거 길처럼 끝없이 이어지는 시간 속에 나도 한 때는 앳된 이파리였다고, 꽃 피고 열매 맺는 시간도 있었다고, 때론 화려한 시절도 보냈다고. 그러나 시간이 흐르며 모든 살아 있는 것들은 어김없이 겨울을 맞는다. 눈이 펄펄 날리는 날, 나는 또 이곳에서 자전거를 굴리며 시간을 낚을 것이다. 가벼워진 몸으로 하늘을 우러르는 나무, 기도하는 나무, 생명의 씨앗을 깊이 품고 있는 겨울나무들의 의연함을 바라보기 위해.

겨울의 자전거길은 쓸쓸하다. 나무는 앙상한 몸으로 긴 침묵을 이어간다. 탄천의 물은 얼어붙었고, 오리도 게으른 몸으로 얼음 속 물고기를 낚고 있다. 비둘기는 떨어져 내린 풀씨를 쪼며 빛바랜 잔디 위에 모여 숨죽인 듯 조용하다. 낙엽과 마른 풀잎 그리고 나무의 잔가지는 모두 쳐내어 트럭에 실려가버렸다.

탄천길은 한 해 동안 자라난 몸의 군살을 갈무리하고 지루한 겨울을 견디고 있다. 단정한 몸매. 언젠가 오게 될 화려한 봄날을 잉태하고 오래오래 기다릴 자세다. 갈대와 물억새만 바람에 흔들리며 겨울의 움츠린 생명들을 위로하는 듯하다. 힘을 내라고.

봄을 향한 기다림은 지루하다. 그러나 그것을 견뎌내지 못한다면 어찌 봄을 맞을 수 있겠는가. 나는 자전거 바퀴를 굴린다. 분당에서 출발해 탄천길을 따라 서울의 한강을 향해 달린다. 서울공항의 블록담장이 보이는 자전거길은 직선으로 변화 없이 길게 이어져 있다. 그러나 묵묵히 페달을 밟으며 혹 내가 이 지루함을 사랑하지 않나 생각될 때가 있다. 마치 세월 같은 것. 내 자전거 바퀴는 세월의 굴렁쇠가 되어 언제 끝날지 알 수 없는 세상을 향해 달리고 있는 것이다. 때로 지루하지만 약속된 그날을 향해 인생의 수레바퀴를 굴리고 있는 것이다.

탄천변은 언젠가 다가올 봄날을 위해 기다림에 익숙한 듯 아무 말이 없다. 얼음 밑을 나직이 흐르는 개울물도, 근처를 떠도는 새들도 침묵하고 있다. 겨울의 칼바람이 잉잉거리며 나뭇가지를 흔든다. 갈대와 물억새의 물결은 잘리고 부러진 온몸의 상처를 견디며 바람에 흔들리고 있다.

짙푸른 여름을 없는 듯 지내다가 모든 생명들이 빛을 잃은 뒤에야 자신의 존재를 드러내는 갈대와 물억새. 비쩍 마른 큰 키로 바람이 부는 대로 푸른 하늘을 배경으로 겨울의 적막을 위로하고 있다. 자전거 위에서 온몸으로 바람을 맞으며 달리는 나도 문득 한 그루 마른 갈대로 흔들림을 느낀다.

지루함이란 대체로 똑같은 일상의 반복에서 비롯된다. 그러나 작은 것 하나라도 열매 맺기 위해서는 그것을 견뎌내야 한다. 갈대는 나에게 속삭이고 있다. 한 겨울 길고 지루하지만 봄을 향한 기다림을 멈출 수 없듯, 너의 자전거 바퀴는 계속 굴러갈 것이라고. 그게 인생이라고. 그러다보면 언젠가는 네가 바라던 곳에 도달해 있을 거라고 말해주는 듯하다.

베이징 이야기

인천의 밤 부두는 짙은 안개로 몽환적이었다. 나는 낯선 갑판을 서성이며 과연 배가 떠날 수 있을까 생각했다. 항구는 안개에 휘감겨 어디가 물이고 하늘인지 구분할 수 없었다. 배 안에는 여행객들과 보따리장사꾼들로 마치 저잣거리처럼 붐비었다. 밤바다와 정박한 배들과 멀리 아파트 불빛을 바라보았다. 낮게 깔린 해무 위로 하늘엔 달빛이 뽀얗고 별도 보였다.

저녁에 떠난다던 배는 안개로 인해 출항을 미루고 기약 없이 정박해 있었다. 그러나 괜찮았다. 그 분위기가 더 없이 좋았기에. 밤이 깊어가고 아파트 불빛은 하나둘 꺼져가고 있었다.

파나마 국적의 텐런하오天仁號는 8층 높이의 거대한 여객선이었다. 인천과 텐진을 오가는 배로 아래층에는 화물을 싣고, 6층부터는 여행객을 800명 정도 수용할 수 있는 규모였다. 배 안에는 카페, 맥줏집, 노래방도 있었고 면세점과 도서대여점까지 있었다. 일반석은

2층 침대 구조로 되어 커튼을 치면 독립된 공간이 되었다. 텐진까지 꼬박 하루가 걸린다고 했다. 다음날 오전에야 배는 기적을 울리며 출항했다.

하늘과 바다는 온통 회색이었고 배는 속력을 내기 시작했다. 나는 자주 갑판으로 나갔다. 바람이 온몸을 휘감았다. 아래를 내려다보면 물살을 가르며 전진하는 배가 흰 물보라를 일으켰다. 달리는 배 꽁무니 뒤로 흰 거품 물고 쫓아오던 물길이 수평선 너머로 사라져갔다. 섬 하나 안 보이는 망망대해에서 석양에 붉게 물들어가는 하늘과 동트는 아침을 바라볼 수 있었다.

배가 텐진에 도착한 후 자동차를 타고 베이징으로 이동했다. 베이징 날씨는 서울처럼 춥지 않았다. 민박집에 짐을 풀고 천안문광장으로 나왔다. 수많은 인파가 모여드는 광장을 지나고 자금성을 끼고 돌아 서울의 명동이라 할 수 있는 화려한 왕푸징의 밤거리를 돌아보았다. 중국인들이 좋아하는 붉은 등이 휘황하고 고층 빌딩들이 즐비했다. 옆길로 돌아드니 음식을 파는 노점상들이 끝도 없이 늘어서 있었다.

이들의 먹을거리는 상상을 불허할 정도로 온갖 육해공군이 모두 모여 있었다. 꼬치에 끼워진 징그러운 곤충들은 누가 사먹을까 호기심도 생기고, 우리와 조금씩 다른 삶의 풍경들을 보며 서서히 여행의 재미에 빠져들었다. 춘절이 지나고 정월대보름을 하루 앞둔 날이었다.

곳곳에서 폭죽이 터지고 있었다. 폭죽놀이는 다음날 대보름밤 늦게까지 계속 되었는데 따발총 소리 같았다. 가게 앞이나 집 앞에 화약을 늘어놓고 터뜨렸다. 밤거리에서 들리는 그 소리가 무섭기도 했지만 재미있는 구경거리였다. 숙소로 돌아와서도 폭죽 터지는 것을 구경하려고 창가에 오래도록 서 있었다. 사방에서 쏘아올린 불꽃은 화려하게 밤하늘을 수놓고 있었다. 최초의 화약 발명국인 중국인들이 이젠 적군을 쫓는 것이 아니라, 잡귀를 쫓아내는 놀이에 열중하고 있었다.

불꽃놀이는 우리를 환영해주는 듯, 북경을 떠돌던 나흘 동안 나도 불꽃 같은 마음이 되어 아름다운 그림을 감상하고 뒷골목을 누비고 박물관과 골동품거리를 돌아보며 이방인의 자유로움을 만끽했다.

우리가 민박을 한 집은 베이징에서 한국인이 많이 모여 사는 아파트였다. 연변에서 온 조선족이 운영하고 있기에 말도 잘 통해서 좋았다. 나이가 오십이 되었다는 주인아줌마는 부지런하고 친절했다. 대보름날 아침에는 아줌마가 만들어준 웬쇼우元宵餠를 먹었다. 경단보다는 조금 큰 떡으로 찹쌀가루를 반죽하여 갖가지 소를 넣고 기름에 튀기거나 끓는 물에 익힌 것으로, 대보름에 먹는 음식이라고 했다. 그날 우리는 웬쇼우를 닮은 둥근 달과 불꽃을 구경하며 거리를 돌아다녔다.

후통胡同은 베이징 시내에 산재해 있는 좁은 골목길을 말한다. 그곳은 전통가옥과 그들의 문화를 이해하는 데 도움을 주는 옛 모습을 볼 수 있었다. 도시의 흉물이라며 점차 정리한다고는 하지만 외국인들에겐 관광지로 인기 있는 곳이었다. 대도시 가운데 달동네가 밀집해 있으니 당국으로서는 치부 같은 것이리라. 미관상 좋지 않은 후통은 모두 길고 긴 담장으로 보이지 않게 둘러쳐놓았다. 고속성장하는 사회주의국가의 어두운 그림자를 보는 것 같았다. 도시의 빛과 그늘은 담장 하나로 가려졌지만 보이지 않는 그늘은 얼마나 넓고 깊을지 우리로서는 짐작할 수 없었다.

베이하이공원北海公園 옆에 있는 후통에 들러 인력거를 탔다. 젊은 남자가 사십 분 정도 자전거를 몰아 서민들이 사는 먼지 뽀얗게 낀 좁은 집들이며 큰부자들이 살던 집들까지 구경하며 골목골목을 누볐다. 이 시대에 돈은 무엇이든 가능하게 한다. 젊은 사내는 별로 가볍지 않은 두 여인네를 태우고 힘겹게 페달을 밟으며 거리를 돌고, 사진을 찍어주었다. 그리고 친절까지 덤으로 안겨주었다.

베이징 시내는 주로 전철이나 버스를 이용했다. 올림픽 이후 대중교통수단이 대단히 발달하여, 예전에 TV에서 보던 중국인들의 자전거 행렬은 사라졌다. 그러나 택시들의 난폭운전은 대단했다. 텐진으로 돌아갈 때 우리가 탄 봉고차도 다르지 않았다. 대형 화물트럭이 꼬리를 물고 고속도로를 달리는데, 그들을 밀치며 지그재그 운전을 두 시간 넘게 하고 있었다.

사회주의국가의 개혁개방 정책은 과연 인민의 행복을 가져다주었을까. 돈에 눈먼 운전기사의 목숨을 건 질주는, 장기밀매가 이루어지고 부정식품이 난무하며 짝퉁천국이라는 중국의 축소판을 보여주는 것 같았다. 비행기를 타기보다는 버스를, 버스를 타기보다는 기차를, 기차를 타기보다는 배를 타고 여행하라는 말이 있다. 이제 그 말의 뜻을 조금은 알 것 같다.

베이징 그림 여행

이번 베이징 여행의 주된 목적은 화랑가를 둘러보는 것이었다. 문희 씨와 나를 베이징에 데리고 간 김 교수는 교환교수로 지난 한 해를 그곳에서 그림을 그리며 보냈다고 한다. 그는 배 안에서도 중국어를 열심히 공부하고 있었는데, 서툴지만 중국어로 우리를 안내하며 다녔다.

도착한 다음날 우리가 간 곳은 중국 최대의 예술촌으로, 베이징 외곽 쑹좡에 있었다. 중국현대미술의 산실로 불러도 무방한 곳이라고 했다. 현재 3천 명 정도의 화가들이 그림을 그리고 있다고 한다. 그곳에서 화가들을 만나 그들의 작업실과 작품을 둘러보고, 쑹좡미술관宋莊美術館에 전시된 작품들을 보았다. 모든 것이 대륙답게 큰 규모가 우리나라와 달랐다.

그 다음 날엔 베이징 따산쯔大山子 798의 화랑가를 구경했다. 하루 종일 돌아봐도 다 볼 수 없는, 수백 개의 갤러리와 카페, 아트숍 등이 모인 약 10만㎡의 넓이였다. 우리나라 화가와 화랑들도 많이 있었는데, 세계 각국의 화랑이 속속 들어차고 있다고 한다. 그곳은 원래 1950년대에 동독의 기술지원으로 세워진 군수공장지대였다. 중국이 개혁개방을 하며 쓸모가 없어진 그곳 폐허의 공간에 가난한 예술가들이 모여들어 예술가촌을 형성하게 되었단다.

군수공장이 있던 곳이어서인지 그 흔적이 곳곳에 남아 있었는데, 붉은 벽돌로 튼튼하게 지은 건물과 철제 파이프, 높은 천장을 그대로 살려 리모델링을 했기에 더 현대적 분위기를 자아냈다. 이제 그곳은 세계적 명소가 되었다. 그리고 가난한 예술가들은 그곳에서 밀려나 지금은 백 명도 남아 있지 않다고 한다. 과거 술공장이 있던 근처의 지우창이나 환티엔이 거대한 예술촌으로 바뀌고 있다고.

중국은 재벌과 정부가 나서서 투자를 하여, 이미 파리를 제치고 뉴욕, 런던에 이어 세계 3위의 거대한 세계미술시장으로 떠올랐다. 그 규모는 10조 원이 넘는다고 한다. 위에민준의 천안문사태를 소재로 그린 유화 한 작품이 소더비경매에서 55억 원에 낙찰되고, 쟝샤오강의 그림은 28억 원에 팔려나갔다고 한다. 홍콩크리스티에서 차이궈창의 드로잉 14점이 88억7천500만 원에 낙찰되며 중국현대미술 경매 최고가를 갈아치웠다.

이렇게 되며 인기 작가들을 따라하는 아류 작가들도 많아졌는데, 위에민준Yue minjin의 웃는 그림이 유명해지면, 우는 그림만 그리는 화가가 생기는 식이다. 위에민준은 중국에서 냉소적 사실주의를 대표하는 작가 중 한 명이라고 한다. 그의 그림 속에 등장하는 치아를 하얗게 드러낸 중국인들의 웃음 속에는, 사회에 대한 냉소와 풍자가 내재되어 있다. 개혁개방 정책으로 물질적으로는 그 전보다 풍족해졌다. 그러나 문화혁명과 천안문사태를 겪은 지식인들의 아픈 과거가 그들의 예술작품에 드러나지 않을 수 없었다. 환한 웃음 속에 깃든 역사의 슬픔이 느껴지는 듯했다.

베이징에 유명한 골동품거리가 있는데 우리의 옛 황학동 골동품상과 비교되었다. 작은 상점들과 노점상들이 즐비한데 외관상 보기가 안 좋아 한 블록 모두 담장을 쳐놓았다. 각종 장신구와 진짜와 가짜가 그득한 골동품이 즐비했다. 싸구려 그림가게에는 울고 웃는 짝퉁그림들이 여기저기 눈에 띄었다. 콩나물값은 깎지 않아도 관광지에서 물건값 깎는 재미는 특별하다. 우린 그곳에서 빨간 산호목걸이를 깎고 또 깎아서 하나씩 샀다. 그런데 그 목걸이가 나중에 알고보니 돌에 물을 들인 것이라고 했다. 그래도 싼값에 흥정하는 재미로 족했다.

며칠간 베이징에서 중국의 13억 인구가 뽑아 만들어낸 작품들을 돌아보며 여러 상념들이 오갔다. 이제 모든 예술작품도 돈의 가치로 환산하게 되었다. 앤디 워홀Andy Warhol은 돈을 버는 예술이 진정한 예술이라고 했다. 이젠 순수예술과 상업예술의 경계조차 모호해져버렸다.

마지막 날 베이징 수도박물관에 가서야 그 답을 조금은 알 것 같았다. 장개석이 중국의 국보급 보물은 대만으로 다 가져갔다고는 하지만, 그래도 그곳에서 시대를 초월한 역사성이 깃든 아름다운 예술품을 감상할 수 있었다. 인간에게 깊은 감동을 주는 그런 고전적 작품들이야말로 진정한 예술이 아닐까 생각했다.

중국의 미술시장은 거대해지고 작품 가격도 올랐다. 그러나 몇몇을 제외한 대부분의 화가들은 가난하다. 그들의 고민은 우리나라 화가들과 다를 바 없다. 무엇을 하고 살든 고통 없는 삶이 어디 있으랴. 그러나 자신이 정말 좋아하는 것에 최선을 다하며 살다보면 때로 큰 기쁨도 찾아오지 않겠는가.

송원이

삼성동 어린이집에 다니던 외손녀 송원이. 서판교로 이사 와서 초등학교에 입학했다. 송원이는 모든 것이 변화한 환경에 잘 적응해나갔다. 학교에선 정규 수업만 하는 게 아니었다. 방과후수업, 돌봄교실을 끝내고 나서 태권도학원도 다녔다. 그리고 아파트의 중문과 현관문의 비밀번호를 누르고 혼자 집에 들어왔다. 얼마 전까지 아무것도 모르던 아기인 줄 알았는데, 잠깐 한눈팔고 있으니 순식간에 커버린 것 같았다.

방과후수업 한자시간엔 어렵게 느껴질 법한 문제 수십 개를 다 풀어 선생님은 일학년 우수학생이라며 상장도 주었다. 영어 선생님한테도 모범학생이라는 상장을 받았다. 이렇게 손녀 자랑을 하면 남들은 돈 내놓으라며 웃어넘길 일이지만 할미 입장에선 정말 대견하기 짝이 없다.

하루는 딸네 집에서 커다란 탁자에 마주 앉아 송원이는 공부를 하고 나는 그림을 그리고 있었다. 영어 단어 써오기 숙제를 하다 말고 갑자기 송원이가 말했다.

"할머니, 나 다 외웠으니 시험봐줄래요?"

나는 그림을 그리면서, 영어 단어를 불러주고 스펠링과 뜻을 쓰게 했다. 그냥 불러 주기만 하면 쓸 줄 알았는데 자꾸 스펠링 하나씩이 틀렸다. 그런데 내가 교사 출신 아닌가. 또박또박 틀린 것을 지적하며 정확하게 외우고 쓰게 했다. 송원이는 할머니와의 시험을 장난이라 생각하는 모양이었다. 방글방글 웃으며, 불러주면 틀리고 외우지도 않고 또 불러달라고 했다. 그림을 그리고 있었기에 좀 짜증이 났지만 웃으며 다시 불러주었다. 그런데 또 틀리는 것이었다. 잘못을 지적하며 다시 외우게 했다. 자꾸 성의 없이 반복하게 하는 태도도 지적했다.

"너, 그렇게 엉터리로 외우고 시험보라고 하면 되겠니?"

어느 순간 그림을 그리던 펜을 놓고 손녀를 보니 탁자 위에 엎드려 있었다.

"송원아 뭐하니, 삐졌어?"

"할머니, 너무해~."

갑자기 목청을 돋우어 울기 시작했다. 그리고 자기 방으로 들어가 흐느껴 울었다. 조금 후 방으로 들어가 손녀를 달래기 시작했다. 왜 우느냐고 했더니 내가 욕을 했다는 것이다. 욕을 한 기억이 없다고 했더니, 자기를 '엉터리'라고 했다는 것이다. 엉터리라는 말은 욕이 아니고 잘못했다는 뜻으로 말한 것이라고 달랬다. 그러나 막무

가내로 더 서럽게 우는 것이었다.

황당해진 나는 내 어렸을 때 얘기를 해주었다.

"할머니는 초등학교 다닐 때 딱 한번 지각했는데, 담임 선생님한테 뺨도 맞았단 말야. 그런데 울지도 않았어."

전쟁 후에 손녀만 하던 내 가난하고 외로웠던 어린 시절이 떠올랐다. 국민학교 삼학년 때 우리 집은 마포로 이사했다. 서대문에 있는 학교까지 버스를 타고 다니기가 쉽지 않았다. 어느 날 좀 늦어서 교실 문을 조심스레 열었다. 덩치 크고 무섭게 생긴 남자 선생님은 큰소리로 야단을 치고 뺨을 한 대 때리며 들어가라고 하셨다. 풀이 죽어 내 자리로 들어가던 어린 시절의 기억이 씁쓸하게 남아 있다.

손녀는 울고 있고, 나까지 서글퍼지기 시작했다. 그런데 송원이가 울면서 하는 한마디 말이 나를 더 황당하게 했다.

"할머니, 엉터리가 뭐야. 그게 뭔지 알아? 언어폭력이야 언어폭력…."

학교 복도에 붙어 있는 걸 읽은 걸까, 아니면 선생님이 고운 말을 쓰자며 가르쳐주신 것일까. 초등학교 일학년 어린나이에 언어폭력이란 단어는 어울리지 않았다. 그새 자존심 세우는 것도 잊지 않았다.

"할머니는 나보다 발음도 나쁘면서…."

언젠가 원어민에게 배우는 영어라 아빠보다 발음이 더 좋다며 엄마 아빠가 칭찬한 것이리라. 지금 생각해보면 송원이는 정작 영어 시험을 보고 싶은 것이 아니었다. 할머니와 놀고 싶었는데 그 속도 모르고 내 할 일을 하고 있었넌 것이다.

나는 그날 밤 화해의 표시로 송원이의 지갑에 천 원을 넣어주었고 '할리갈리'라는 카드놀이를 오래오래 상대해주어야 했다.

엄마의 가장 소중한 선물

엄마의 산소는 37년 간 파주의 기독교 공원묘지에 있었다. 가끔 찾아가면 푸른 잔디에 꽃이 많아 평화스런 분위기였다. 근처에 작곡가 박태준 묘도 있어서 그의 노래 〈사우思友〉에 나오는 봄의 교향악이 들리는 듯했다. 주변 산소가 다 교회 성도들의 것이어서 한결 마음이 편했다. 아이들이 어릴 때는 사촌들끼리 놀이터처럼 뛰어놀기도 했다.

몇 년 전 엄마가 있던 공원묘지가 LH공사에서 짓는 아파트 부지가 된다는 연락을 받았다. 이장을 해야 했다. 의논 끝에 압구정동 소망교회에서 운영하는 곤지암의 소망동산으로 모시기로 했다. 셋째언니가 그 교회 권사이고, 나도 십여 년 다닌 인연이 있기 때문이었다.

약속한 날 산소에 도착했을 때, 인부들은 미리 파묘를 해서 천막으로 덮어놓았다. 우리는 오전 10시에 간단한 예배를 보았다. 그 후 인부 세 명이 와서 마무리 작업을 했는데, 한 아저씨가 경험담을 얘기해주었다.

"열어보면 육탈이 안 된 경우도 있어요. 심지어 어떤 것은 미라가 되어 있다니까요."

먼저 관 윗부분을 뜯어냈다. 걱정은 하지 않았다. 모래흙이었고 미리 파낸 봉분이 바싹 마른 상태였기 때문이다. 안에서 일하던 인부가 검게 변한 종이쪽 같은 것을 손에 쥐고 흔들며 말했다.

"상태가 아주 좋은데요. 아까 말하던 성경책 표지도 여기 있네요."

관 안에 넣어두었던 성경책이 표지만 검게 변해 남아 있었고 모두 삭아 없어진 것이다. 생전에 닳도록 읽던 성경, 작은 관 안에 누워서도 삭아 없어지도록 읽으셨을까.

안에서 유골을 들어내주면 다른 한 사람이 받아 흰 종이에 싸서 상자에 담았다. 처음 경험하는 것이기에 좀 무서울 줄 알았다. 그러나 마음은 차분했다. 엄마의 두개골이 나왔을 땐 애틋해지기까지 했다. 오후에 예약한 벽제화장장으로 가서 화장을 하고 분골을 유골함에 담아왔다. 그리움으로 남아 있던 엄마의 유골은 37년 후 한 줌 가루가 되어 다시 우리에게로 왔다.

다음 날 소망동산으로 갔다. 커다란 동산 비석엔 '소망교회 성도의 묘'라고 씌어 있었고, 주변은 다른 가족이 가져온 온갖 꽃으로 덮여 있었다. 비석 앞에서 예배를 드리고, 목사님을 선두로 연장자부터 엄마의 골분을 한 줌씩 조각돌이 깔린 비석 주변에 뿌렸다. 비석의 기단에는 이렇게 씌어 있었다.

'너는 흙이니 흙으로 돌아갈 것이니라.'

여기에 뿌린 골분은 조각돌 밑의 수로를 따라 한 곳에 모아져 일정시간이 되면 소망동산 드넓은 산속에 묻힌다고 했다. 마지막 의식으로 엄마가 좋아하던 찬송가를 부를 땐 담담하던 마음이 어느새 젖어들고 있었다.

내 나이 서른에 엄마가 돌아가셨다. 막내인 나까지 결혼을 하고 둘째아이까지 있을 때였다. 지금의 내 나이보다 더 젊었던 나이에 힘들었던 일생을 마감하셨다. 꽃을 좋아하던 엄마의 관 위에 하얀 국화꽃을 뿌려드리고, 돌조각이라도 있을까 손으로 흙을 부스러뜨리며 관 위에 덮었다. 엄마가 파주의 공원묘지에 묻히셨을 때나 수십 년이 지난 후 소망동산으로 모셨을 때나 달라진 것은 없다. 장소가 문제가 아니었다. 항상 엄마는 내 가슴 속에 살아계셨으니까. 그러나 죽음을 대하는 마음가짐은 많이 달라져 있었다. 서른 살의 나는 엄마를 다시 볼 수 없다는 슬픔에 몹시 아팠지만, 지금의 나는 죽음을 생각하고 받아들일 나이로 변했다는 것이다.

그동안 보관하던 엄마의 유품을 꺼냈다. 옷가지와 핸드백, 돋보기, 수첩 같은 것들이 한 상자 있었다. 엄마를 잊지 않고 싶은 서른 살의 내 마음이 그곳에 담겨 있었다. 어찌 이리도 오래 간직해왔을까. 엄마가 자주 입던 나일론 치마저고리가 그 모습 그대로 남아 있었고, 추운 겨울에 치마 속에 껴입던 털실로 짠 속바지도 있었다. 수첩에는 성경 구절이나 내가 근무하던 학교 전화번호도 적혀 있었다. 하나하나 꺼내 살펴보니 수십 년의 세월이 성큼 다가와 나에게 말을 건넸다. '이제 모두 떠나보내라'고. 가지고 있던 엄마의 소지품을 다시 보자기에 잘 여미어 쌌다. 그런 사소한 물건이 엄마를 기억하게 하는 것이 아니기에. 무엇 하나 값나갈 것 없는 낡은 유품이 나를 더 슬프게 했다.

이장을 하며 우리 자매도 많이 늙었음을 실감했다. 오빠들은 다 먼저 가고 네 자매만 남았다. 내가 막내였기에 제일 젊다고 서류 챙기는 일이며 공원묘지 보상금 문제, 이장 절차 밟는 일들을 맡았다. 부산에 사는 성격 좋은 첫째언니는 건강한 편인데 형부가 다리를 다쳤다며 올라오지도 못했다. 둘째언니는 자매들 중 제일 마음이 곱고 재주 있던 언니였는데 이제는 가벼운 치매증상까지 있었다. 나를 보면 한번 했던 얘기를 몇 번이고 되풀이했다. 그래도 형부는 언니의 말을 다 받아주고 신경써주는 것을 보니 고마웠다. 형부는 언니보다 며칠만 더 사는 게 소원이라고 했다. 셋째언니 부부가 소망동산으로 모시는 일을 주도했고 아직 제일 멋쟁이로 살고 있는 편이다.

엄마의 세대는 어느덧 가고, 이제 우리 세대가 인생의 마무리를 할 때라는 생각이 들었다. 단풍이 아름다운 뒷산 숲을 산책하며 엄마를 생각했다. 모진 세월을 살았던 엄마. 그분의 헌신과 사랑으로 우리는 지금 행복한 세월을 보내고 있는 것이다. 보상금 중 쓰고 남은 것은 공금으로 남기고, 일부를 떼어내 조금씩 엄마의 선물로 받기로 했다. 그러나 그게 다가 아니다. 아마도 내가 죽는 마지막 날까지 간직할 가장 소중한 선물, 그것은 내 마음에 아직도 따뜻하게 살아 있는 엄마에 대한 기억일 것이다. 11월의 단풍은 꽃보다 아름답다. 이제 우리 자매들의 늦가을도 이렇게 곱게 마무리 되었으면 좋겠다.

강정주 수필집
나는 아마추어다

지은이_ 강정주
펴낸이_ 조현석
펴낸곳_ 북인
디자인_ 푸른영토

1판 1쇄_ 2021년 07월 22일
출판등록번호_ 313 - 2004 - 000111
주소_ 121 - 842 서울 마포구 서교동 467 - 4, 301호
전화_ 02 - 323 - 7767
팩스_ 02 - 323 - 7845

ISBN 979-11-6512-032-0 03810

책값은 뒤표지에 있습니다.
저자와 협의 아래 인지를 생략합니다.